VAISA
de esquina

Coleção de literatura
brasileira contemporânea

Luciana e as mulheres

/

Sabina Anzuategui

Prólogo

Nasci em Vila Yolanda, cidade de Osasco. Minha mãe veio pequena da Bahia. Meu pai veio de Chavantes, na fronteira com o Paraná. Os dois se conheceram na fábrica de fósforos Granada quando ela tinha dezessete anos. Depois do casamento, ela largou o emprego e ficou em casa limpando e cozinhando. E assim eu nasci.

Sou filha única. Minha mãe costurou as roupinhas do meu enxoval ouvindo no rádio a "Cantiga por Luciana", que concorria no festival nacional de canções: "Luciana, Luciana... Sorriso de menina, dos olhos de mar". Eles ainda não tinham televisor. Era 1968. Em julho houve uma greve em Osasco. Meu pai tinha amigos sindicalistas, minha mãe passou dias ansiosa, com medo de que algo acontecesse com ele. Ele saiu da fábrica e decidiu trabalhar por conta própria como marceneiro. Lembro dos dois sempre em casa: meu pai nos fundos, trabalhando na oficina, e a mãe sentada ao lado do rádio, fazendo toalhas de crochê para vender.

Quando meus pais completaram dez anos de casamento, ele comprou uma grande TV Sharp, um caixote que imitava madeira, com doze botões de canais. Meu pai gostava de televisores e comprou o aparelho mais moderno que podia. O sofá ele fez na marcenaria — uma estrutura de cedro reaproveitado, onde minha mãe colocou almofadas floridas que ela mesma costurou.

Cresci bonita e tímida, assistindo a três novelas por dia. Minha mãe queria que eu estudasse para subir na vida e comprar uma casa em Vila Campesina, o melhor bairro de Osasco. Eu era boa aluna, e o sonho parecia razoável.

Eu estudava à tarde e voltava para casa direto. Minha mãe não gostava que eu brincasse com os vizinhos. "Na rua ninguém aprende nada de bom", ela dizia. Ainda com a camiseta do colégio, eu assistia sozinha à novela das seis. Depois, enquanto a mãe fazia o jantar, eu e o pai assistíamos à novela das sete. Jantávamos no Jornal Nacional com a TV ligada e voltávamos ao sofá para a novela das oito.

Aos meus treze anos, em 1981, estreou a novela *Brilhante*. Na abertura uma mulher de cabelos lisos e compridos caminhava por uma sala de espelhos, vestindo um macacão bufante de seda vermelha. Os pés em sandálias douradas. O decote ia até a cintura, mostrando a marca dos peitos. A música flutuava como o véu de seda entre os espelhos: "O teu desejo é sempre o meu desejo... vem, me exorciza".

Tive um encanto arrebatador pela atriz Renée de Vielmond, de terninho branco, os olhos grandes e redondos, voz baixa, boquinha de boneca. Eu sofria por sua personagem Isabel, rica e amorosa, traída pelo marido Paulo César, submissa a Chica, a mãe autoritária.

No fim daquele ano, recebemos a visita da Janine, minha prima de segundo grau. Era a filha do primo de que meu pai mais gostava, em Chavantes. Ela tinha quinze anos. Veio a São Paulo fazer o exame de seleção da Escola Técnica Federal, para o curso de Edificações.

Eu era magrela, cara de menina. Janine era uma moça. Ela sentava ao meu lado, no sofá da sala, e assistia *Brilhante* conosco. Minha mãe numa ponta, Janine na outra, eu no meio. Mostrei a ela minha coleção de revistas *Amiga*. Ela comentava os penteados e as roupas das atrizes.

Durante uma semana, ela dormiu num colchão no meu quarto. Era verão, mas não estava tão quente; ainda assim ela sofria com a temperatura. Eu tentava entender. Ela acordava encalorada pela manhã e passava a mão pelo pescoço, enxugando o suor, quando tomávamos café com leite quente. Depois tomava um banho gelado e sentava no sofá, com o ventilador ligado. Lia em voz alta os exercícios e resumos para o exame de seleção, que seria no domingo à tarde.

No dia da prova, de manhã, ela estava nervosa. Tinha dificuldade em gramática e interpretação de textos. Queria aproveitar os últimos minutos, e pediu minha ajuda antes de entrar no banho. Me deu a apostila e mostrou os exercícios de língua portuguesa. Perguntou se eu leria para ela, enquanto estava no chuveiro.

Eu fechei a tampa da privada e sentei, toda vestida. Janine tirou a camisola e o sutiã (ela dormia de sutiã). Depois tirou a calcinha, de costas para mim, meio envergonhada.

Comecei a ler os exercícios como ela pediu: texto argumentativo, enunciador, conectivo. Eu falava as alternativas e ela tentava responder. Depois eu verificava a resposta na página final.

O boxe do chuveiro era de acrílico fosco. Eu não enxergava muito, depois que Janine entrou. Também tive vergonha de levantar os olhos da apostila. Seu cabelo era comprido, ela lavava todos os dias. Enquanto passava o xampu, li mais um exercício, ela respondeu que não escutava. Esperei até ela enxaguar a cabeça.

Janine saiu do boxe e enrolou a toalha nos cabelos. Passou um desodorante Rexona. Vestiu rapidamente uma calcinha limpa e o mesmo sutiã da noite. Li mais algumas questões enquanto ela desembaraçava o cabelo com creme Neutrox.

Foi então que recebi uma mensagem cósmica urgente, em letras maiúsculas e inconfundíveis: 1) Eu vejo uma moça pelada. 2) Eu estou excitada. Como um oficial de justiça batendo à minha porta para entregar uma intimação que eu não podia recusar. O mesmo sentimento que Renée de Vielmond me despertava, muito mais forte e mais físico. Uma paixão à primeira vista pelo corpo nu da minha prima em segundo grau.

Janine foi embora no dia seguinte. Meu pai se comprometeu a verificar o resultado na Escola Técnica, algumas semanas depois. Janine não passou. Não voltou a São Paulo. Meu pai contou que ela fez concurso para a Polícia Militar de Chavantes, alguns anos depois. Eu nunca mais a vi.

Depois de Janine, minha vida adolescente se transformou. À noite, na cama, antes de dormir, eu imaginava mil histórias em que a encontrava, em lugares anônimos, sem pais ou parentes por perto. Ela me olhava diferente, segurava minha mão, tirava a roupa por algum motivo, me beijava. Minhas fantasias acabavam nos beijos, eu não ia além disso. Às vezes eu sonhava com ela. Nos sonhos aconteciam cenas que eu entendia como sexo, mas eram outras imagens: lutas, torturas, encarceramento. Eu me masturbava antes de dormir. No chuveiro também. E às vezes durante o dia, fechada no banheiro, fingindo fazer xixi.

Na escola, me afastei das minhas amigas. Depois da educação física, elas tiravam as camisetas no banheiro e se refrescavam com a água da pia. Algumas tiravam o sutiã. Olhar aquilo era muito para mim. Eu não queria ser a traidora, infiltrada, disfarçada de amiga para espiar. Tinha um grupo de três machonas no meu colégio, alunas do segundo grau. Passavam o intervalo no canto da quadra, em pé, encostadas à parede. Mas não tive coragem de me aproximar. Eram altas. Fumavam. Me assustavam.

Eu andava mergulhada em angústia adolescente, revoltada contra tudo em minha cidade natal. O colégio público mal cuidado, onde poucos alunos gostavam de estudar e poucos professores queriam ensinar. Os parentes no fim de semana assistindo ao Show de Calouros e à Buzina do Chacrinha, bebendo cerveja e comendo até abrir o botão da calça. As garotas da escola apaixonadas pelo Fábio Jr. — o bom moço de franjinha lambida e música melosa. "Sinta, menina... Uma canção bonita e meu amor sincero."

Comecei a andar com os garotos do skate, que treinavam no fundo do pátio. Eles me receberam como mascote. Nos trabalhos em grupo, eu passava tudo a limpo. Nas provas, passava cola. Eles me ensinaram tudo sobre skate.

Minha mãe não percebeu nada disso, no começo. Eu continuava estudiosa, caseira, assistindo às novelas de sempre. Ela estranhou quando fiz quinze anos, sem nenhuma paixonite, nenhum namoradinho, nenhuma briga para sair sozinha. Perguntou: "Nessa idade tive meu primeiro namorado. Você não tem vontade de namorar?". Eu disse que não. Ela não insistiu. Em parte se sentia aliviada, pois algumas meninas da rua já estavam grávidas, era seu maior terror. Minhas camisetas largas e masculinas eram um perigo menor.

Um dos garotos do skate gostava de mim. Era um príncipe da Vila Yolanda: independente, sensato, fazia manobras fantásticas na rua sem saída atrás da igreja. Aos dezesseis anos eu tinha o corpo bonito, chamava a atenção mesmo sem me enfeitar. Ele não deixava os caras mexerem comigo. Nós ficamos algumas vezes, mas eu inventei uma desculpa, disse que meu pai proibia.

No último ano do colegial participei da olimpíada de matemática das escolas estaduais. Ganhei uma bolsa de cursinho pré-vestibular. No cursinho conheci o Marcos, meu primeiro amigo gay. Ele gostava de sair e queria minha companhia. Eu nunca tinha feito isso: sair com amigos no sábado à noite. Marcos foi até minha casa, pedir para minha mãe. A primeira pergunta dela foi:

— Ele é seu namorado?

Respondi:

— Mais ou menos, mãe.

Minha mãe olhou para ele, que era evidentemente delicado. Não contestou minha resposta vaga, só perguntou:

— Vocês vão tomar cuidado? Não bebam. Não vão se meter em briga. Não peguem carona com gente que vocês não conhecem. Luciana, prometa que você vai de ônibus direitinho na ida e na volta.

— Prometo, mãe.

Minhas primeiras noites, primeiros bares, aos dezoito anos. Através de Marcos conheci Silmar, a primeira garota lésbica com quem pude conversar. Ela morava do outro lado da rodovia Castelo Branco. No fim daquele ano, quando o vestibular se aproximava, Silmar ia para minha casa sexta-feira à noite e ficava até domingo. Durante o dia estudávamos na mesa da sala. À noite transávamos horas e horas no chão, para não fazer barulho de cama. Meus pais gostavam de me ver em casa, em segurança, me preparando para o vestibular.

Muitas garotas lésbicas têm relação difícil com suas famílias. Pais e mães autoritários, que tornam ainda mais difícil uma descoberta que nunca é simples. Naquela época era pior, mas minha mãe nunca disse nada. Talvez ela tivesse suas intuições; mesmo assim, preferiu não falar. E meu pai nesses assuntos deixava a decisão para ela. Assim eu segui, conquistando a vida que eu queria, passo a passo.

1. Casamento aberto

Muitos anos depois — já em novo século —, numa terça-feira à noite, eu estava sentada num confortável sofá americano, assistindo a um programa de culinária na TV a cabo, ao lado de uma mulher nascida e criada no Edifício Turmalina, no Condomínio Parque da Aclimação, com quem eu vivia em união estável havia dez anos. A linda Agnes, a realização de meu sonho infantil, a minha Renée de Vielmond. Mesmo com consciência de classe, eu não conseguia resistir a seu nariz fininho, os cabelos lisos que ficavam bonitos mesmo quando despenteados. Deitada no sofá com assento reclinável, ao lado de uma Agnes meio irritada, com dor de cabeça, eu ainda tinha lembranças fugazes e agradáveis de quando a conheci, numa aula de ioga, num sábado de manhã. Sua pele clara e saudável. Sua elegância. Um corpo tão equilibrado que justificava a existência das calças semibag.

Deitamos em nossa confortável cama queen size às onze e quinze da noite e peguei no criado-mudo o livro que estava lendo, as memórias de um médico no maior presídio da América Latina. De repente ouvi Agnes perguntar:

— A gente nunca mais vai transar?

Fazia alguns dias que não discutíamos nossa relação. A última vez tinha sido no sábado, saindo da padaria depois do café da manhã para pegar o carro com o manobrista. Ela estava nervosa porque o carro demorou muito, eu falei que era sábado e não tinha pressa, ela reclamou que a desrespeitei em frente ao manobrista, e o assunto se prolongou por uns quarenta minutos. Eu não amava discutir a relação, mas aprendi por experiência que era melhor conversar quando Agnes queria.

Agnes era vegetariana e se importava muito com a pele, tinha cremes importados que custavam um tanque de gasolina. E gostava de móveis antigos. Percorria feiras de antiguidades em buscas apaixonadas por um novo jogo de taças de licor, uma mesa de centro diferente, um outro cabideiro. Muitas vezes, ao entrar na sala, eu olhava em volta e pensava: "Deus, eu moro na Casa Vogue".

Mas fazia algum tempo que Agnes não gozava comigo sem um vibrador. Eu também não gozava tão facilmente como no começo. Depois de um início palpitante (fui sua primeira experiência lésbica, e ela experimentou tudo o que a físico-química permitia), alguma coisa aconteceu, em algum momento, que fez nosso ritmo desandar. O vibrador acabava comigo. Ela tentou me convencer várias vezes que seu corpo era diferente do meu, que ela precisava de um estímulo mais regular e tecnológico para se soltar, mas aquilo foi me brochando. Nossas transas ficaram mais raras e naquela noite, assistindo ao programa de culinária na TV a cabo, pela primeira vez completávamos dois meses inteiros sem transar.

Depois da primeira pergunta, ela disse:

— Eu preciso saber o que você está sentindo. Você realmente gosta de mim?

— É claro que sim.

—Você não está com pena por eu ser mais velha? Não é simplesmente um dever pra você? Uma responsabilidade que você assumiu e tem vergonha de cair fora?

— Por que eu faria isso? Você é linda. Você pode ter a pessoa que quiser.

— Não é só um comodismo? Você está aqui, a casa montada, tudo organizado? Não é simplesmente preguiça de começar tudo de novo?

— Para com isso, Agnes. Por que desconfiar tanto? Quem tem dúvida é você, não sou eu. Eu estou aqui. Se você me quer, eu fico. Se não, eu vou embora. É simples.

— É muito fácil dizer isso e deixar a responsabilidade toda nas minhas costas.

Desde que o vibrador se instalou em nossas vidas, foram dezenas de longas conversas em que ouvi suas angústias quando se sentia atraída por uma colega da aula de pintura ou da ginástica. "Você conheceu muitas mulheres", dizia. "Eu só conheço você." Ela falava de sua timidez na juventude, o desejo reprimido por uma amiga na faculdade, medo de se arriscar e ser rejeitada, depois os anos que passou com o primeiro marido, com carinho, sem paixão, e ela demorou a perceber que poderia ficar velha e queria mais, um pouco mais, ao menos uma vez na vida.

No início pensei que discutir o assunto honestamente ajudaria. Mas não ajudou e fiquei sem alternativa. Eu dizia: "Agnes, nós já tivemos essa conversa um milhão de vezes. Não posso resolver isso por você". A conversa se estendia pela noite, ela falava e chorava e eu tentava me manter acordada, e quando ficava exaurida dizia: "Agnes, por favor, preciso dormir".

— Não estou fugindo do problema. Eu simplesmente não vejo o problema. Você quer transar? Vamos transar e pronto.

Então ela chorou, disse que estava muito sozinha, eu distante, não tinha o mesmo olhar de admiração do começo, ela sentia falta, precisava ser amada, sem isso ela não poderia continuar.

— Não aguento mais discutir isso. Só me responda: você quer se separar? É isso?

Ela ficou ofendida. Como eu podia perguntar isso? Eu queria forçar uma ruptura dela para aliviar a minha culpa? Eu respondi:

— Então acaba a fidelidade, tá? Você pode sair com quem quiser. Você pode me ligar às seis da tarde e dizer: vou sair, volto tarde. Não vou pedir detalhes nem fazer drama. É a sua vida, você decide.

— Você vai fazer o mesmo?

— Não tenho nenhum plano. Mas, em teoria, eu posso fazer o mesmo.

Era uma proposta arriscada, e parte de mim apostou esperando que ela negasse. Era uma reação impulsiva porque eu me sentia encurralada e não sabia mais o que fazer ou dizer. Ela pensou alguns instantes e concordou.

2. O cogumelo é calmo

Aos dezesseis anos eu acreditava no amor livre. Era anarquista pelo convívio com os skatistas de Osasco, e entre muitas conversas sobre os erros do mundo eu defendia que a monogamia era fruto da propriedade privada capitalista, e o amor deveria ser dividido como as terras cultiváveis e os meios de produção. O ciúme era equivalente ao monopólio e a exigência de fidelidade era como a exploração da classe trabalhadora. Nessa época eu era virgem e nunca tinha namorado. Passados vinte anos, o amor livre continuava uma especulação teórica. Eu havia conhecido ou ouvido histórias de traidores compulsivos, solteiros convictos, swingers, infidelidade consentida, casais que não transam, casais com terceiros eventuais, pessoas que desistem de compromisso para frequentar prostitutas. Mas o amor livre civilizado, declarado e consentido, esse ainda era potencialmente uma lenda urbana.

No primeiro dia depois que Agnes concordou com o casamento aberto, aproveitei a hora do almoço para pesquisar alguns sites de encontro. Uma ou duas vezes por semana eu almoçava com Patrícia, minha chefe e amiga. Nos outros dias eu podia ver o que quisesse no computador do escritório (desde que apagasse o histórico depois, para evitar pistas constrangedoras). Era 2004, não existiam aplicativos de celular. Eu estava desatualizada sobre os melhores sites do momento, mas foi fácil descobrir. A cidade é grande e fiquei empolgada com a chance de conhecer alguém novo, experimentar uma vida em branco mesmo que fosse apenas virtualmente, por vinte minutos, depois de almoçar rápido no restaurante por quilo.

Embora nunca tenha admitido francamente para Agnes, eu sabia que nosso casamento era um peso cada vez mais difícil de carregar. Eu imaginava, otimista como uma adolescente, que poderia encontrar alguma garota simpática e compreensiva para lamentar meu casamento em crise, uma garota inteligente que me ouviria e sorriria porque no seu lado do mundo não existem problemas, e nós transaríamos loucamente por uma noite sem compromisso, e eu voltaria para casa tranquila e tudo com Agnes se resolveria. Criei um e-mail alternativo porque Agnes sabia a senha de meu e-mail pessoal (seria um drama trocar a senha que ela sabia que eu sabia que ela sabia). O site de encontros mandou sugestões de perfis com as características que eu tinha selecionado e no canto da tela apareceram outras fotos, como em lojas virtuais: "quem viu este perfil também se interessou por estes". Meu perfil dizia: "36 anos, relacionamento estável. Novas experiências são bem-vindas. Gosto de natureza e esportes. Gostaria de encontrar uma amiga para sair de vez em quando". Nos primeiros e-mails trocados com as mulheres do site, aprendi que dizer "amiga" ou "amizade" é um eufemismo aceitável para sexo casual. Enquanto as palavras "sexo casual", ao contrário, assustam as mulheres, atraindo geralmente casais em busca de uma parceira para encontros a três.

A partir daquela semana, durante meia hora por dia eu descansei da minha vida imaginando outras possibilidades, mas as fotos e perfis no site não eram tão empolgantes como eu desejava. Era como esperar estrelas cadentes: muito tempo olhando para nada, acreditando fracamente que algo pudesse aparecer de surpresa. Entre dezenas de perfis, muitas frases feitas e fotos mal compostas, eu navegava com a leve excitação de fazer algo proibido, olhando as roupas e a decoração dos cômodos que apareciam ao fundo, procurando sinais de inteligência e sensibilidade nos rostos parcialmente escondidos por óculos escuros. Era curioso perceber como tantos rostos ali teoricamente disponíveis não me despertavam nenhum interesse: uma expressão banal, um cabelo de mau gosto, bochechas redondas demais. Por um ou outro detalhe, a maioria das fotos apenas me fazia lembrar que ser solteira é difícil e não há tanta gente no mundo que valha a pena.

Havia também o risco de encontrar alguma conhecida. Os círculos de militantes do ciclismo, ioga na praça ou maternidade lésbica se cruzavam nos mesmos bairros, restaurantes vegetarianos e livrarias alternativas. Para minha foto de perfil, procurei uma imagem ambígua, que não mostrava muito meu rosto. Ser vista num site de relacionamentos era terreno perigoso, porque o casamento aberto com Agnes ainda estava em fase de teste. Tentei acreditar que estava ali em pleno direito, mas, sim, era um vício perverso, um recurso rápido para encontrar mulheres interessadas em sexo sem compromisso, acessível à hora do almoço, enquanto dedicava minhas noites a um casamento em decadência.

Minhas primeiras tentativas de dar uma escapadinha matrimonial trouxeram apenas resultados esquisitos. Primeiro uma secretária de universidade privada, jovem e redondinha, que nunca tinha saído com mulheres e tinha muita curiosidade. Mas ela me pareceu boazinha demais, e tive dó de mobilizar suas fantasias para uma transa egoísta. Depois me escreveu uma senhora divorciada, a quem respondi que não me interessava, e de quem recebi vários e-mails insistentes alegando ser injusto que eu não me interessasse apenas baseada em uma foto.

Finalmente, depois de mais alguns dias frustrantes, vi a imagem de uma garota de sorriso doce, não especialmente bonita, mas aceitável para uma foto. Pessoalmente poderia ser melhor ou pior, era impossível saber. Além da fotografia, informações básicas: mulher, 24 anos, terceiro grau incompleto, signo câncer. A frase de descrição dizia: "o cogumelo é calmo & a natureza insegura". Mandei um oi pelo site, apaguei meu histórico no navegador e voltei a trabalhar.

No dia seguinte, novamente no escritório na hora do almoço, olhei os e-mails. Não havia resposta e a foto tinha sido retirada do site. O perfil ainda permanecia, anônimo e vazio, apenas com a frase de título: o cogumelo calmo, a natureza insegura. Eu poderia ter esquecido o assunto, até aquele momento tinha dedicado cinco minutos a um e-mail não respondido. Mas as palavras giravam na minha cabeça e gastei o resto do meu intervalo para descobrir o que eram.

Finalmente descobri o poema original: "Sete cantos xamânicos", de um poeta homossexual-proletário, de erotismo mágico, de tortura e volúpia, pelo que encontrei na internet. Um poeta vivo, já velho, rebelde nos anos 1960. Alguém que se definiu como "desemprego permanente, epifanias, cogumelos sagrados, jazz, rock, paixões, delírios & todos os boys". Tudo isso mas um nome de escriturário: Roberto Piva. (Pensando bem, os poetas dos livros da escola tinham nome de funcionários de cartório, também.)

Encontrei um vídeo em que o poeta, já meio careca, recitava os versos sentado atrás de uma jarra de água, num salão antigo e cheio de espelhos. "Por três noites o incêndio bagunçou o coração das medusas." "A paixão agitou as samambaias de janeiro." Que estranha mistura de ideias tortuosas e uma aparência comum. Quem era a moça que se apresentava com esses versos num site de encontros? Eu queria descobrir, tocar seu coração. Escolhi quatro linhas do Canto Seis: "Sementes & raízes/ onde as ilhas erguem suas brasas". Enviei um e-mail que tinha apenas essas palavras.

No fim do dia recebi uma resposta. "Vi seu perfil, você parece legal. Eu não sou lésbica, mas já saí com algumas garotas. Entrei no site de brincadeira, tenho um pouco de vergonha. Desculpe, não sei bem se estou fazendo a coisa certa de te escrever, mas só queria dizer que você parece uma pessoa legal, pena que eu não sou lésbica."

Essas poucas linhas me atiçaram instantaneamente. Simples, tímidas e sem erros de ortografia. Qual seria minha chance de conquistar a moça dos cogumelos (que não era lésbica, mas já tinha saído com algumas garotas)? Eu nem tinha mais sua foto. Não sabia como ela era. Mas lembrava do sorriso familiar e agradável e em torno dele fui construindo pedaços de corpos possíveis — seios, bundas, coxas, vaginas.

Recuperei a concentração e respondi: "Não tenha vergonha, escrever não machuca ninguém. Mando uma foto minha pra você ver que sou tranquila". Escolhi uma foto inocente e simpática. Consegui manter essa troca cortês de mensagens e logo descobri seu nome, Melissa. Ela explicou que era o nome de uma personagem do filme *O último pôr do sol*, que seus pais assistiram no começo do namoro. Sua mãe adorou o nome e não percebeu que era a marca de uma sandália plástica. Era a palavra grega para a abelha que faz mel. E também existia uma flor com esse nome.

Ficamos algumas semanas trocando e-mails sobre filmes estranhos e histórias engraçadas, ela era original e escrevia bem. Mas saía pela tangente quando eu sugeria um encontro real. Tinha vergonha de conhecer gente pela internet, repetia "preciso pensar" ou "deixa eu me acostumar". A sublimação é um perigo nos encontros pela internet, e eu mergulhava no sublime.

Entre amigas chamávamos de HTML as mulheres Hétero Meio Lésbicas, que ficam na fronteira e beliscam de um lado e de outro. Nem todas as lésbicas são militantes e nem todas são feministas, mas eu valorizava certo purismo. Lições iniciais da vida lésbica: a) há inúmeras mulheres lindas no mundo hétero, mas acreditar que estão acessíveis é imprudente; b) existem lésbicas viciadas em hétero, mas para uma feminista isso é existencialmente frustrante.

Mas era 2004, o mundo estava se abrindo. Melissa tinha vinte e quatro anos e as novas gerações eram diferentes, diziam. Quando recebia seus e-mails eu sentia, feliz, que o cogumelo era mesmo calmo, e ansiava pela natureza insegura.

3. Vida no Canadá

Os hábitos de Agnes não mudaram em nossas primeiras semanas de relação aberta. Ela não saía sozinha à noite, não sumia por longos períodos sem dar notícia. Continuava indo para o trabalho e voltando nas mesmas horas, fazendo ioga às segundas, quartas e sextas de manhã, visitando a mãe a cada três ou quatro semanas.

Mas o apartamento parecia vazio e sem graça nos últimos anos, desde que o Bruno, seu filho, foi estudar no Canadá. No primeiro ano em que moramos juntas, nossas horas sozinhas eram raras. O pai do Bruno trabalhava numa empresa de aviação em São José dos Campos, fazia viagens a trabalho e constantemente desmarcava seus fins de semana com o filho. Algumas vezes Bruno ficou até dois meses direto conosco, sem ver o pai. Agnes tinha pena de deixá-lo com a avó. "Ele sente a rejeição do pai", dizia, "não posso fazer o mesmo. Ele precisa se sentir protegido em algum lugar." Bruno era a pessoa mais importante para Agnes, e ela para mim, e assim ficamos as duas, eu e ela, dedicadas ao garoto. Só conseguíamos relaxar no fim do dia, cansadas, depois de garantir que ele comeu, brincou, estudou, descansou. Foi um choque de realidade, eu tinha vinte e seis anos. Mas estava orgulhosa de conquistar uma mulher divorciada com filho adolescente e encarei o pacote completo. Bruno fazia bagunça, Agnes se irritava, eu descia com ele para jogar pingue-pongue no salão e Agnes descansava. Bruno entediado, Agnes precisava lavar roupa, eu e Bruno jogávamos video game, e Agnes ia para a lavanderia em paz. Agnes tinha uma lista interminável de ordens, cama arrumada, armário organizado, toalha estendida, não deixar farelo no sofá, não usar quinze copos por dia. Eu não era mãe, não podia mandar, então aproveitei o papel de invasora gentil que gostava de esportes. Assim passamos seis anos, Bruno terminou o ensino médio e decidiu estudar engenharia no exterior, com planos de futuramente ficar por lá.

Se o casamento aberto é uma atitude ousada e moderna, o nosso não parecia. Agnes estava um pouco mais distante, ia ao supermercado sem me chamar, não me perguntava antes de cozinhar, comprava roupas sozinha. Parecia calma, mas falava pouco. Eu já conhecia certos padrões. Eram mal-estares silenciosos que ela não me explicava, mas demonstrava por sua expressão apagada e olhar desviado. Se os silêncios se repetiam por alguns dias, eu perguntava: "Está tudo bem?", "Quer falar alguma coisa?". Às vezes vinham reclamações de cansaço, impaciência com o trabalho, ou preocupações com o sistema previdenciário, que poderia diminuir sua aposentadoria integral como funcionária pública. Os dias corriam e Agnes parecia cada vez mais ansiosa, coisas caíam de sua mão: talheres, chaves; xícaras quebravam. Num domingo de manhã, seu nervosismo estava evidente e ela me disse:

— Olha, eu comprei uma passagem para o Canadá.

— Canadá?

— É meu filho. Quero passar um tempo com ele.

Ela estava na varanda, tomando um pouco do sol que batia ali entre as nove e as dez e meia. A vizinha apareceu na varanda ao lado, colocou para secar dois pares de tênis. Cumprimentamos a vizinha, sorrimos até ela sair.

— Tá bom. Você vai visitar o Bruno no Canadá. Tudo bem.

O Canadá era péssima notícia para mim. Como tudo naquele período, até a aposentadoria se misturava com a crise do nosso casamento. Como funcionária pública, nas normas daquela época, Agnes se aposentaria aos cinquenta e dois anos de idade, em outubro de 2012. Ela contava ansiosa os anos que faltavam, apegada ao sonho de uma vida sem compromissos, com rendimento vitalício. No início eu estava incluída nos planos, nas viagens e lugares que poderíamos conhecer. Mas, desde que Bruno viajou, em nossas discussões o Canadá começou a aparecer como cenário, "caso a gente se separasse". "Se um dia você terminar comigo", ela dizia, "seria bom ficar um tempo sozinha." Ela usaria a aposentadoria para morar perto de Bruno. Também ficaria perto dos Estados Unidos e da vibrante comunidade lésbica americana, o melhor lugar no mundo para ser lésbica, o que Agnes sabia. Muitas vezes nos divertimos olhando fotos de negras e ruivas e latinas nos sites de encontro americanos, centenas de mulheres interessantes. O que a impedia de estar paquerando desde já pela internet? Seu plano alternativo — "se um dia você for embora", "se um dia você cansar de mim" — se transformou nesta frase assustadora: "Comprei uma passagem para o Canadá".

Mas eu mesma havia proposto o casamento aberto, então não podia reclamar se ela queria visitar o filho sozinha. Embora eu quisesse confessar aos berros que tinha sido absolutamente idiota e absurda a ideia de sair com outras pessoas, porque eu ainda estava patinando na troca de e-mails sem sair com ninguém, e ela ficaria linda e solta num país estranho cheio de mulheres maravilhosas e dispostas a tudo.

— Você vai viajar? Tudo bem. Aproveite. Boa viagem.

— Tudo bem pra você?

— O que importa, Agnes?

— Perguntei porque eu quero saber.

Eu me recusei a responder e começou a discussão. Ela estava ofendida com minha resposta seca, não podia entender como eu queria simplesmente enterrar o assunto, enquanto havia aquele abismo: nosso casamento estava caindo aos pedaços e eu fingia ignorar.

— A gente fez um trato, não foi? Você pode fazer o que quiser. Eu também.

— Mas isso é absurdo. Você não pode fugir da conversa e ficar com essa cara amarrada. A gente precisa conversar de verdade, entender o que está acontecendo.

— Então me fala, Agnes. O que está acontecendo?

— Eu quero que você fale. Você nunca fala nada! Pra você está tudo bem?

— Sim, pra mim está tudo bem. Apesar de alguns problemas, você é minha mulher. Pra mim está bom.

Agnes viajou quinze dias depois, jurando que não tinha segundas intenções. Na primeira noite sozinha no apartamento, eu abri meu e-mail secreto e escrevi para Melissa.

4. Praça do viaduto

Eu já tinha proposto algumas vezes um encontro real com Melissa. Apenas um café inocente como amigas, eu dizia. Mas ela não mordia a isca. A paquera charmosa era suficiente quando Agnes estava perto, mas agora eu tinha quinze dias sozinha e precisava de uma estratégia definitiva. Resolvi blefar. Escrevi algumas frases de elogio, que ela era incrível, que havia muito tempo eu não conhecia alguém tão original e surpreendente, mas eu não queria um lance totalmente virtual. Minhas intenções eram puras, sentar num lugar bacana, bater papo, tomar um drinque sem compromisso. A decisão era dela. Aquele seria meu último e-mail, dali em diante só pessoalmente. Passei o número do meu celular com um desinteresse discreto e natural: "Se quiser, me liga".

Melissa me respondeu com simpatia, fazendo graça dos meus argumentos, mas não respondi. Ela tentou novamente e eu permaneci firme. Finalmente, no terceiro dia, recebi uma mensagem: "Oi. É a Melissa. Quer me ligar?".

Eu estava dirigindo. Quando o farol fechou, respondi por mensagem também: "Estou no carro voltando pra casa. Ligo em 30 minutos". No farol seguinte, salvei seu número na agenda. No terceiro farol mudei de ideia, encostei o carro e liguei.

— Oi, tudo bem?

— Que rápido.

— O trânsito tá parado.

Ela riu e depois suspirou:

— Tá a fim de fazer alguma coisa? — seu tom de voz era lento e meio cantado, como se tomasse banho de sol numa comunidade hippie. — Você conhece a praça do viaduto? Preciso levar um cachorro pra passear.

Eu havia prometido um encontro inocente e ela não deixou barato, passear com o cachorro era a coisa menos erótica que eu podia imaginar. Mas era um encontro e se eu desconfiasse demais ela poderia desistir. Ela me explicou o endereço, eu estava no caminho e fui direto.

Era uma área em reforma, colada ao viaduto Treze de Maio. Havia alguns galpões demolidos e um início de construção interrompida. O terreno estava cercado por um plástico alaranjado, preso em estacas temporárias meio caídas. Nos cantos havia mendigos deitados, cobertos por lonas e cobertores velhos. Não era o lugar mais seguro para um fim de tarde. Melissa, sentada num pedaço de concreto, olhava o cachorro correr.

Ela era mais gordinha do que eu imaginava. Quando se levantou para me cumprimentar, notei seu quadril bem largo e as coxas muito grossas. Tinha pouco peito e os braços grossos também. Mas sua estrutura corporal era equilibrada e eu gostava desse estilo de corpo, os ombros estreitos, a bunda grande. Começamos a conversar, ela parecia insegura e algumas vezes, quando contou alguma coisa, perguntou se já havia me dito por e-mail ou não. Disse que havia engordado no último ano porque fumava maconha demais e comia muito.

Minhas técnicas de conquista estavam enferrujadas e precisei me concentrar para vencer minha própria timidez. Desde jovem paquerar olho no olho era difícil. Nos bares, quando localizava uma garota interessante, precisava de muito exercício interno para fixar o olhar e puxar conversa. A questão da idade também me embaralhou um pouco. Melissa tinha vinte e quatro, eu trinta e seis. Agnes já tinha quarenta e quatro. Fazia muito tempo que eu não me aproximava intimamente de alguém com menos de trinta anos. Será que Melissa olharia para mim como eu olhava — e admirava — Agnes, tantos anos atrás?

Melissa disse que era mais bonita aos dezoito e poderia me mostrar uma foto qualquer dia. O cachorro se chamava Marlboro porque era branco e tinha patas amarelas, como o filtro do cigarro. Ele tinha só três pernas, mas demorei a perceber porque corria muito rápido.

Nós estávamos sentadas uma ao lado da outra, na murada de concreto, e eu não conseguia ver seu rosto de frente. Conversávamos em paralelo, olhando o cachorro. Eu via seu braço, sua nuca, um cantinho de sorriso quando ela se virava rapidamente para mim. Eu já não tinha o corpo que tivera anos antes, mas estava em forma. A proximidade foi me atingindo, sua pele macia e agradável, atrativa de um jeito camponês, saudável e roliço.

Ela contou que estava hospedada na casa de uma amiga, que ficaria fora por um mês. O cachorro era da vizinha da amiga. Ele tinha latido a noite inteira porque a dona ia para a casa do namorado e o deixava sozinho com um balde de ração. Melissa foi falar com o porteiro, o latido era insuportável. Outra vizinha também apareceu para reclamar, que a dona era uma irresponsável, o síndico precisava tomar uma atitude, é absurdo ter um animal se não quer cuidar. O porteiro disse que não podia fazer nada. Ele tinha a chave do apartamento, que a dona deixou, mas brincar com cachorro não era a função dele. Melissa resolveu colaborar e o bicho escapou da coleira. Ela achou que ele iria fugir, mas ficou só correndo atrás das pombas na praça como um alucinado. Depois o assunto do cachorro acabou. Houve um silêncio, e Melissa repetiu que nunca havia conhecido ninguém pela internet. Entrou no site de encontros numa madrugada sozinha, para ver o que havia. A fantasia de encontrar algo mágico no lugar menos provável. Ela não era lésbica. Ela me achava interessante e bonita, mas eu não deveria ter esperanças.

Disse que tinha um baseado e sugeriu devolver Marlboro ao apartamento da vizinha. Poderíamos fumar na laje do prédio, depois sair para uma cerveja. Seguimos o plano até a etapa da laje, fumamos sentadas no chão de concreto, e depois Melissa ficou mais quieta, soltou seu meio sorriso, olhava para mim, desviava, voltava a olhar.

— Vamos fazer alguma coisa mais divertida? — ela disse.

Eu estava alta e quis confirmar:

— Tipo o quê?

— Tipo beijar um pouco.

Ela levantou, puxou minha mão, e seguimos para o seu apartamento. Ao caminhar senti que estava mais chapada do que imaginava. Ela foi me levando, e logo eu via sua blusa se abrindo e a linha de seus pelos íntimos na pele desbotada, estendida no chão do apartamento pequeno. Ela tinha muita vontade e energia. Fazia muito tempo que eu não transava daquele jeito.

Demorou um tempo para eu recuperar minha racionalidade. Ficamos deitadas no chão do apartamento peladas, suadas e meladas, e de repente percebi estarrecida que queria passar o resto da vida ali.

Melissa disse que estava com sede. Foi até a geladeira e voltou com um copo e uma garrafa de Coca-Cola pela metade. Sentou de pernas cruzadas na minha frente, ainda nua, serviu o refrigerante e me ofereceu.

— Por que você escreveu que procurava uma amiga?

Eu ri e não quis responder, mas ela insistiu. Eu expliquei:

— Mulheres são delicadas.

— Então é um golpe?

— Não. É precaução. E um pouco de estratégia.

Melissa bebeu o refrigerante e reclamou que estava sem gás. Agora eu via bem o seu rosto. Era lindo. De um jeito gordinho e desajeitado, mas lindo.

— Melissa, eu preciso ir pra minha casa. Eu não posso ficar aqui com você.

Ela sorriu:

— Você acha que eu quero que você fique?

— Eu queria ficar. Por mim eu passava a vida inteira agarrada em você e não saía nunca mais do meio das tuas pernas. Mas minha vida tá toda cagada e ia ser sacanagem te meter nessa história.

— Tudo bem, pode ir — ela disse de um jeito doce que me partiu o coração. — Eu não tenho nem uma Coca decente pra te oferecer.

Eu voltei para o apartamento de Agnes e dormi sozinha na cama queen size, chorando de tristeza, porque agora eu tinha certeza que estava tudo perdido de vez.

5. Cristal quebrado

Agnes voltou na data combinada e eu fui buscá-la no aeroporto, culpada e carinhosa. Depois do encontro com Melissa não fiz mais nada suspeito, voltava direto do trabalho para casa, bem-comportada e monástica. Agnes chegou muito gripada e só queria dormir. No dia seguinte a indisposição piorou, ela vomitou algumas vezes, seu médico homeopata sugeriu observar a evolução por vinte e quatro horas, poderia ser uma infecção alimentar ou rotavírus. Eu insisti que ela consultasse um médico tradicional, mas ela preferia esperar o ciclo da doença, pois acreditava que a doença é uma purificação.

— Se continuar vomitando amanhã, você vai para o pronto-socorro na marra.

Eu enviei o atestado médico para o trabalho dela, e Agnes ficou em casa três dias descansando. Estava fraca e chorosa. Eu não estava de férias, e durante o dia ia para a Escola da Fonte em meu expediente normal. Agnes telefonava no meio da tarde pedindo que eu levasse alguma fruta, ou sua água mineral natural (não podia ser mineralizada), quando voltasse pra casa. Passava as noites no sofá, assistindo comédias leves ou filmes românticos, às vezes me pedia um carinho, um colo, um chá de laranja com cravo e seu remédio homeopático. Seus olhos quando pedia ajuda, nesses dias, eram os olhos de quando nos conhecemos, quando saímos pelas primeiras vezes os três — eu, ela e Bruno — e nos dias de vento íamos à praça do Pôr do Sol, perto da sua casa. Eu ensinava Bruno a empinar pipa e ela ficava sentada na grama, amorosa e agradecida que alguém gostasse de seu filho e ensinasse coisas de moleque para ele.

Quando melhorou, Agnes sugeriu uma viagem para nós duas, no fim de semana. Ela gostava de Gonçalves, uma pequena cidade na serra da Mantiqueira, onde sua prima tinha uma casa. Saímos na sexta-feira depois do trabalho, no carro dela, eu dirigindo (ela não gostava de dirigir à noite). O terreno ficava depois do centrinho, subindo a montanha por uma estrada sem calçamento. Um caminho íngreme, com muitas curvas e pedras entre árvores altas. Era um sítio rústico sem jardim, apenas mato e alguns arbustos entre pedras. A casa tinha dois cômodos, colchão e almofadas no chão, e o banheiro ficava do lado de fora.

Estava quase escuro quando chegamos. Deixamos as bolsas no quarto, os pacotes de comida no balcão da pia. Não havia televisão nem internet, apenas a sala pouco confortável, o terreno natural e meio feio ao redor. Estava frio e fiquei preocupada, porque ela estava se recuperando da gripe. Coloquei sobre o colchão todas as cobertas que havia e instalei um aquecedor elétrico pequeno que trouxemos de casa. Agnes arrumou a mesa com torradas e patês vegetarianos que ela mesma preparara. Eu coloquei um disco que ela gostava, de uma Diana alguma coisa, um jazz branco demais para meu gosto. Abrimos uma garrafa de vinho, comemos as torradas e conversamos. Casos engraçados e fofocas sobre outras pessoas, como duas colegas de trabalho que não se conhecem direito e procuram histórias divertidas para se distrair durante o almoço.

Deitamos meio bêbadas, eu estava excitada, comecei a beijá-la com mais intensidade, acariciando seus peitos por baixo da blusa e das cinco cobertas. Tenho certa vergonha de admitir, mas mulheres fracas e convalescentes me excitam. Ela foi receptiva e se virou de costas para mim, encostando a bunda na minha virilha, e pensei que fazia isso para me agradar, porque ela sabia que eu gostava. Acariciei suas coxas, alcancei o meio das suas pernas e a toquei, enquanto me esfregava em sua bunda. Mas percebi uma expressão estranha em seu rosto, que eu via parcialmente. Perguntei se ela queria parar.

— Não. Você pode continuar — ela disse.

Continuei, meio em dúvida se ela estava gostando ou não. Primeiro a chupei bastante (eu estava com muita vontade), depois coloquei dois dedos, três, quatro, cinco. Ela gemia forte, mas eu ainda tinha dúvidas se era prazer. De repente Agnes se virou, me deitou e abriu minhas pernas. Me comeu com certa violência, eu ultrapassei o ponto de excitação em que poderia ter um orgasmo, estava toda sensibilizada e dolorida. Acordei de madrugada, fragmentos da noite surgiram em minha memória e por algum tempo, na cama, enquanto Agnes ainda dormia, eu me senti alguém diferente, como se não vivêssemos juntas havia dez anos.

Agnes acordou calma e preparamos juntas o café da manhã. Ela começou o assunto de maneira muito tranquila, como se trocasse opiniões amenas sobre a vida:

— Você sentiu minha falta quando eu estava viajando?

— Claro, amor. Senti muito.

— Você pensou que talvez fosse melhor ficar assim, sozinha, e começar de novo?

— Para com isso, Agnes. Que história.

— Eu só estou conversando... Você não pensa nas outras possibilidades? Como sua vida podia ser diferente?

— O que você quer que eu te diga? Já pensei ou nunca pensei? O que preciso dizer pra acabar com esse assunto?

— Eu só quero que você diga a verdade.

— Eu já conheci outras pessoas, Agnes. Isso não é importante pra mim.

Ela ficou em silêncio.

— Como assim? Quando?

— Vamos tomar o café? Já respondi. Vamos comer em paz.

— Você saiu com outras pessoas?

Foi impossível parar. Ela fez perguntas e mais perguntas, até que, em linhas gerais, eu confirmei que sim, tive algumas conversas com outras pessoas nas semanas anteriores. Alguns e-mails, alguns telefonemas. Ela parou de perguntar, foi para o outro cômodo e fechou a porta. Eu chamei, pedi desculpas, mas ela não respondeu. As malas estavam no quarto com ela. No cômodo onde fiquei só havia almofadas, a mesa e as coisas de cozinha. Eu lavei a louça, esperei, e saí da casa para caminhar. Talvez ela se acalmasse percebendo que eu estava longe.

Quando voltei uma hora depois, Agnes estava vestida para ir embora, de casaco e sapatos, a bolsa sobre a mesa.

— Já coloquei as malas no carro — ela disse. — É melhor a gente ir embora de uma vez.

— O que aconteceu, Agnes? Por favor, não faça essa cara. Fala comigo.

— Eu não tenho nada pra dizer. As coisas são evidentes. Eu não sei como não percebi antes.

— Percebeu o quê? Pelo amor de Deus! A gente não tinha combinado? Eu não fiz nada de errado!

— Não é o que você fez. É o que você quer. Eu tento conversar e consertar as coisas entre a gente, mas só agora percebi que você não quer consertar nada.

As pessoas comparam a traição no casamento a um cristal quebrado: você pode colar as partes, mas a marca da cola sempre aparece. Como os casamentos acabam? Quando percebemos? O casamento é uma fantasia que vivemos sem lembrar que é uma fantasia. Em algum momento acreditamos que uma pessoa é parte da nossa vida e nos adaptamos e nos dispomos a ser o que é possível naquele casal. É impalpável: não está nas coisas, embora haja coisas envolvidas. Sem perceber viramos uma personagem, a metade daquele casal. Existem casais que sobrevivem anos aos gritos e insultos, compartilhando a raiva. "Sai da minha vida", "Nunca mais quero te ver na minha frente", "Eu te odeio". Em outros casos, tudo pode ser dito, menos as palavras de ruptura. Porque uma vez pronunciadas, ou mesmo pensadas, elas se infiltram na ilusão que mantém aquele casal unido, erodindo o solo até esbarrancar.

Voltamos para São Paulo em silêncio. Eu chorei algumas vezes enquanto dirigia. Agnes ficou o tempo todo voltada para a janela, sem olhar para mim. Em casa ela tomou banho, pegou algumas coisas e foi para o quarto do Bruno. Disse que eu ficasse à vontade para arrumar minhas coisas, ela dormiria no outro quarto até eu achar um lugar para ficar.

— Você está falando sério, Agnes? Você quer realmente fazer isso?

Segurei sua mão, mas ela não reagiu. Ficamos um tempo assim em silêncio, eu suava segurando sua mão imóvel e não consegui segurar um choro discreto e contínuo.

—Você acha que acabou tudo mesmo?

Ela disse:

— A nossa vida virou um inferno. Eu não sei mais o que fazer.

—Você não gosta mais de mim.

— E você, gosta de mim?

— O que aconteceu? Por que você tomou essa decisão de repente?

— Alguém precisava tomar uma decisão. Foi isso que eu fiz. Não tem volta. Por favor, não tente. E mesmo se você tentar, eu vou dizer não.

— Não acredito que você consiga esquecer, eu vejo em você. Você não consegue nem olhar pra mim.

— Eu vou conseguir e você também. Acredite em mim. Nesse ponto em que chegamos, nenhuma recaída seria solução para a gente.

Num último impulso de desespero, eu disse a Agnes que a amava muito.

— Eu também te amo. Eu te amei muito. Mas o que isso importa agora? Tentamos o que era possível. Não tem nada mais pra fazer.

Peguei minha mochila e saí. Fui até o estacionamento no quarteirão de baixo onde ficava meu carro, que não tinha vaga no prédio (e nunca mais teria). Dirigi cinco minutos até que foi impossível controlar os espasmos e soluços e o choro compulsivo. Quando consegui recuperar um mínimo de fôlego, procurei o celular na bolsa e liguei para Patrícia — minha chefe e mentora, o ouvido amigo em que eu poderia despejar em lágrimas todo meu drama lésbico, como se fosse minha mãe adotiva. Fiz muito esforço para articular algumas frases e contar para ela sobre a separação. Patrícia consultou Heloísa, sua companheira. As duas concordaram em me emprestar uma casa que elas tinham em São Lourenço da Serra, para eu me hospedar temporariamente. Quando desliguei o telefone, chorei tanto e tão forte que meu corpo inteiro começou a doer. Chorava de desespero porque nunca mais teria a companhia de Agnes, porque nosso futuro não existia mais, por tudo que poderia ter dito e não disse e agora era tarde demais para dizer.

6. Escola da Fonte

Patrícia era a diretora financeira da Escola da Fonte, onde comecei a trabalhar em 1992, aos vinte e quatro anos. Eu a conheci num bar que frequentávamos na época, o bar da Cida. Havia dois bares no mesmo quarteirão: a Cida, pé no chão, e o Brubeck, com mulheres mais velhas — e mais caro. Mas a calçada era compartilhada e rolavam intercâmbios. Eu estava saindo com a Bebel, quarenta anos, estilo rainha do rock, coração grande e muito louca também. Quando a conheci eu não sabia, mas Bebel tinha problemas com álcool e outras substâncias, ultrapassava o limite com frequência. As amigas se preocupavam, mas estavam cansadas de ajudar; Patrícia era a mais inteligente nesse grupo, sossegada e irônica, a histórica ex da Bebel. Nesse tempo eu ficava muito entre elas, era comum trocarmos de mesa: Bebel bêbada falava bobagem e ria escandalosamente com meus amigos gays no bar da Cida, eu ria discretamente no Brubeck, ouvindo as histórias de Patrícia, dos barracos e escândalos dos bares das antigas. Bebel voltava para sua mesa original no meio da madrugada quando já estava meio zonza. Eu a abraçava e levava para casa. Patrícia ficava agradecida por esse cuidado, durante os quatro meses que durou aquele namoro.

Eu estava recém-formada no Instituto de Matemática, e terminava o aprimoramento científico no Centro de Estatística Aplicada. Meus planos eram socialmente engajados, eu queria viajar para o sertão nordestino, ensinar matemática a crianças das áreas rurais. Procurava informações sobre o programa federal de mobilização social pela educação, e aproveitava o tempo livre nos bares gays da cidade, depois de três anos em turno duplo de aulas e estágio. Patrícia foi perguntando da minha vida, de onde eu vinha, quem eram meus pais, como eu cheguei na universidade, e algumas vezes se declarou admirada das minhas conquistas. Eu respondia brincando discretamente: "Fui pobre mas mimada". Bebel pediu para terminar nosso namoro em setembro, quando fez quarenta e um anos e teve uma crise com nossa diferença de idade. Algumas semanas depois, Patrícia mandou um recado para meu bip, oferecendo um trabalho. Pensei que era uma cantada, mas era mesmo um emprego.

Quando comecei a trabalhar com Patrícia na Escola da Fonte, ela se tornou meu modelo de vida adulta. Patrícia era o tipo "batalhadora", como dizem. Era filha de mãe cozinheira e pai alcoólatra, não fez faculdade e começou a trabalhar cedo. Antes de assumir a Escola da Fonte foi gerente de um restaurante de alta gastronomia. Respeitava o valor do dinheiro, e chegando aos cinquenta anos vivia concentrada entre Alto de Pinheiros, Higienópolis e Jardins. "Vi pobreza demais por uma vida", dizia. Voz forte, falava diretamente, poderia ser grossa para quem não estava acostumado. Ela e Heloísa se conheceram aos trinta e cinco anos e nunca se separaram.

Antes de conhecer Patrícia, minhas referências lésbicas de maturidade eram as bêbadas nos bares, sofrendo da síndrome do amor impossível, apegadas à fatalidade, paixões loucas que terminam em trauma. As jovens ouviam suas histórias e imitavam o padrão, mas isso me deprimia e eu ansiava por um modelo otimista. Patrícia não era fatalista nem traumatizada. Não idealizava ninguém, nem mesmo Heloísa, e também não se assustava com traições ou abandono. Para ela os problemas das lésbicas eram iguais aos de qualquer pessoa. Embora fosse provavelmente a mais lésbica entre todas as mulheres que conheci, não passava seus dias em uma categoria separada do mundo. Vivia em condições iguais às de todo mundo.

A história de Patrícia e Heloísa me encantou desde que eu as conheci. Heloísa me fascinava, mesmo vinte anos mais velha, e passei meses alimentando fantasias noturnas entre nós duas. Ela era de uma família tradicional que ainda se mantinha razoavelmente rica. Tinham propriedades no interior, imóveis comerciais, uma empresa de exportação ou algo assim. O irmão mais velho geria os investimentos de todos, Heloísa nunca precisou ter um emprego. Ela fazia projetos, se envolvia em atividades artísticas e principalmente cuidava da mãe e de si mesma, praticando esportes, viajando, estudando. As duas viviam entre os ricos, admiravam os intelectuais paulistas social-democratas, participavam de jantares que saíam nas colunas sociais. A fascinação por Heloísa e minha paixão por Agnes tinham a mesma origem. Era o encanto das mulheres finas que eu via, desde criança, nas novelas de televisão.

Patrícia e Heloísa foram para São Lourenço passar comigo o primeiro fim de semana depois da separação. Elas levaram bebida, cozinharam, dormimos tarde e bêbadas depois de rir muito (a companhia e o álcool faziam sumir a tristeza). As duas gostavam de me tratar como uma jovem aluna, ouviam minhas histórias, tudo o que eu dizia era divertido para elas. Acordamos tarde no dia seguinte, manhã de domingo, tomamos um longo café. Quando Heloísa foi para o jardim cuidar das plantas, Patrícia me deitou em seu colo e fez carinhos maternais em meu cabelo. Era estranho receber aquele contato físico, principalmente porque ela esperou Heloísa sair da casa para ser mais carinhosa. Se pudesse escolher, eu preferiria os carinhos de Heloísa. Mas era Patrícia quem estava lá, e suspirei remoendo meus erros recentes:

— Você acha mesmo que eu fui sacana? Ela também queria sair com outras pessoas. A gente tinha combinado.

— Esquece isso. Você já devia ter se separado faz tempo.

Patrícia não gostava de Agnes. Achava que era azeda, desanimada e sem graça. Ficou animadíssima com a ideia de procurar novas mulheres para mim. Disse que ia agitar seus contatos, fazer umas festinhas, investigar o mercado. Enquanto isso acariciava meu cabelo, durante mais tempo do que seria razoável.

Eu me ofereci para fazer o almoço. Enquanto esperavam, as duas assistiram às reprises de seus programas de TV favoritos, bebendo vinho e rindo. Nós todas tínhamos prática de amparar amigas em rompimento amoroso. Eu era a vítima da vez. Mas conhecer as fases do luto não isenta de sentir, e cozinhei enxugando as lágrimas das bochechas.

No fim de semana seguinte, Patrícia cumpriu a promessa e fez uma festa no sítio para me animar. Eu ajudei na preparação e saí para comprar gelo quando os primeiros convidados estavam chegando. Voltei carregando nos braços três pacotes gelados numa enorme sacola plástica e vi alguém numa área pouco iluminada do gramado. Uma moça que parecia muito com Melissa, ao lado de um rapaz bonito, sentados sobre uma grande pedra plana. Atravessei o jardim olhando para eles, tentando reconhecer se era mesmo ela, mas não pude ter certeza. Coloquei o gelo no galão de bebidas na varanda e cumprimentei algumas amigas de Patrícia que eu já conhecia de outras festas. Conversei durante um tempo com pessoas que chegavam e circulavam, e então Melissa entrou na sala, com uma taça vazia na mão, sozinha. Ela me reconheceu e sorriu meio tímida. Estava discreta, usava roupas claras, cabelo solto e mais curto.

Eu sorri e ela se aproximou. Perguntou como eu conhecia Heloísa.

— Eu trabalho com a Patrícia.

— Heloísa é prima da minha mãe. É minha família mais próxima aqui em São Paulo.

Ela se disse um pouco envergonhada de me encontrar ali, em sua vida real, e pediu que eu não comentasse com ninguém que havíamos nos conhecido na internet.

— Tudo bem.

— Posso dizer que conheço você do bairro?

— Que bairro? Eu acabei de me separar.

— Tudo bem, não importa. É só uma frase.

Fiquei magoada porque mencionei minha separação e ela não mostrou a mínima curiosidade. Seu amigo estava sozinho, andando a esmo pelo gramado, olhando eventualmente para nós.

— É seu namorado?

— Não. É um amigo da época do colégio. Ele é médico. Está fazendo residência em pediatria.

O amigo se aproximou e Melissa se despediu:

— Me liga, se quiser. De repente a gente faz alguma coisa.

Eu sabia que não era sua culpa, mas mesmo assim. Minha vida desmoronou definitivamente por causa dela, que nem se interessou pela história, deu um tchauzinho e foi embora com o amigo pediatra.

7. Famílias

Então Melissa era filha da prima de Heloísa. A curiosidade me corroía, mas esperei a segunda-feira, dia de trabalho, para perguntar a Patrícia na Escola da Fonte. Seria muita bandeira perguntar na frente de Heloísa — "Quem é aquela moça?". Talvez Melissa fosse sua queridinha e ela não me quisesse azarando por perto. Apenas com Patrícia, na Escola, o terreno era mais seguro.

A Escola da Fonte existia desde os anos 1980. Começou pequena, seguindo a pedagogia Waldorf, para um grupo de filhos de professores universitários. Os primeiros donos eram amigos de colégio: um jovem biólogo, uma pedagoga e uma artista plástica. A artista plástica era boa administradora e a Escola cresceu. Era trabalho pesado, então ela convidou um sócio investidor que conheceu através de amigos, o filho do meio da segunda geração de uma família que controlava vinte e oito por cento da produção nacional de papel e celulose de fibra curta. Ele era primo em segundo grau de Heloísa, e como parte do acordo Patrícia assumiu a direção financeira. Embora a origem alternativa da Escola já estivesse perdida, na sala de Patrícia, onde eu trabalhava, ainda havia aquele ar diferente do mundo de lésbicas maduras, inteligentes e relacionadas, que eu adorava.

Nós dividíamos uma sala com janelas amplas que mostravam as árvores da rua residencial nos fundos da Escola. Perto da janela estava a mesa de Patrícia, uma mesa grande de madeira, projetada por um designer amigo de Heloísa. Eu ficava perto da porta, numa escrivaninha discreta. No meio havia poltronas e plantas. Patrícia não gostava de divisórias e preferia que eu estivesse ao alcance da voz.

Aproveitei uma pausa depois do almoço, quando Patrícia relaxava tomando café, e perguntei:

— E essa garota, Melissa, que estava na festa? Vocês são próximas?

— A sobrinha da Helô?

— É sobrinha? Acho que conheço ela de algum lugar.

— Ela é meio esquisita. Não conheço ela direito.

Patrícia não parecia muito entusiasmada pelo assunto e deixei quieto. Ela ainda perguntou "Por quê?", mas mantive o tom de desinteresse:

— Eu conversei com ela um pouco. Achei que já tinha visto ela antes, mas não consigo lembrar.

Depois da festa tive vontade de telefonar para Melissa, mas faltou cara de pau. Eu não sabia o que dizer, depois de ter caído fora com aquela conversa desanimada de vida em crise. Não tinha nada melhor para oferecer agora. Estava instalada de favor num sítio longe da cidade, chorando por causa da separação algumas vezes por dia. Adoraria encher a cara e passar a noite com ela num motel, mas não me sentia tão livre depois de descobrir que era filha da prima da mulher da minha chefe.

Eu ainda tinha muitas coisas para resolver. Precisava tirar minhas coisas do apartamento de Agnes e levar para a casa dos meus pais, enquanto não estivesse definitivamente instalada. E, para isso, eu precisava contar a eles o que tinha acontecido.

Não era tão simples dizer para minha mãe que eu estava triste com o fim de um casamento que nunca comuniquei oficialmente para eles. Fugi do embaraço de explicar quando as coisas estavam boas e agora, sozinha, era mais difícil. Eu nunca disse literalmente "eu sou lésbica" para meus pais. Apenas uma vez, quando eu já tinha trinta anos, minha mãe perguntou: "Mas você não vai mesmo casar, Luciana?". Respondi: "Não preciso casar. Eu já moro com a Agnes". Imaginei que estava claro e ficamos assim.

Na cidade, em território impessoal, eu beijava e segurava a mão das minhas namoradas, mas em família não demonstrava nada. Nas poucas vezes em que Agnes visitou meus pais, ela foi bem recebida, apesar de alguma cerimônia. Minha mãe desconfiava, mas nunca perguntou e talvez sentisse (suponho, por seus olhos condescendentes) que eu vivia numa fantasia de ascensão social.

Fui almoçar na casa deles num domingo e contei que estava hospedada provisoriamente no sítio de Patrícia.

— Mas o que aconteceu com sua amiga?

— Nós brigamos, mãe.

— Ela te mandou embora assim?

— Fui eu quem quis sair.

Meu pai terminava de preparar o café (que fazia forte com muito açúcar). Não se manifestava em questões sentimentais, mas dava seus conselhos imobiliários.

— Agora você tem seu apartamento. Ainda bem que você comprou.

— Mas por que você está nesse sítio? — a mãe perguntou. — Por que não fica aqui com a gente?

— Sei lá, mãe. Já me instalei lá. Mas posso dormir aqui de vez em quando.

Osasco é agradável, dependendo do bairro, se você concentra sua vida ali. Até o colegial eu tinha tudo o que precisava. Meus pais eram estáveis e pacíficos, levaram a vida com razoável bom senso. Algumas oscilações e talvez pouca ambição, mas, sem enriquecer, também escaparam a maiores desgraças. Eu tinha ainda meu quarto limpo e arrumado, algumas camisetas na gaveta. Muitas vezes dormia lá, quando Agnes não estava na cidade. Ela ia com Bruno ver a mãe no interior, eu passava sábado e domingo com meus pais. A casa foi ficando mais bonita depois que meu pai se aposentou. Ele lixou todas as portas e persianas, trocou a tinta velha por verniz. Abriu janelas maiores e renovou o telhado.

O ano de 2004 estava acabando. Passei o Natal na casa de minha avó baiana, velhinha e fraca, que também morava em Osasco. A festa sempre acontecia lá, duas tias se encarregavam de arrumar as mesas no quintal, com comidas e bebidas trazidas pelos tios, primos e filhos dos primos. Eram mais de trinta pessoas, alegres e barulhentas. Eu me deixei levar pelas conversas, dissolvida nos hábitos e piadas familiares. Em tantos anos juntas, foram poucos os natais que passei com Agnes. Eu não era parte da família, para a mãe dela. Ao menos um consolo eu tinha agora: o carinho dos meus parentes cada vez mais gordos e alegres, ouvindo música alta, comendo e passando calor em dezembro.

Na noite de Ano-Novo eu estava um pouco mais animada. Às vezes tinha vontades repentinas de chorar, mas conseguia me segurar. Alguém que olhasse de fora talvez pensasse que eram cólicas ou alguma indisposição no estômago.

8. Louças e pequenos objetos

Eu precisava recuperar meu apartamento, que comprei como investimento e estava alugado desde que recebi as chaves. Era um problema imediato e, por ser algo concreto a resolver, de certo modo foi um alívio. No fim do ano eu havia telefonado para a imobiliária, várias vezes, numa energia automática: eles precisavam avisar o inquilino, negociar o prazo, encerrar o contrato.

Comprei o apartamento ainda durante a construção do prédio, no fim de 2001, quando os preços estavam baixos e o financiamento imobiliário começava a ficar mais acessível. Foi conselho do meu pai, que então se aposentava e insistia que eu planejasse meu futuro. Era pequeno, um "studio", como chamavam as novas construções que eram pouco maiores que as antigas quitinetes. Foi o que eu consegui bancar na época usando minhas economias para dar a entrada. Em doze meses recebi as chaves e teria uma renda de aluguel para pagar as prestações. Também seria uma garantia contra a sensação de insegurança que reaparecia em ondas, embora naquela época as esperanças ainda existissem. Fazia um ano que Bruno estava no Canadá. O vazio entre mim e Agnes não parecia mais tão devastador. Havia problemas que poderiam ser superados. Havia amor e uma história, e o futuro era possível. Sofrer por antecipação, imaginando preventivamente uma alternativa pessimista, era tortura desnecessária.

Aos vinte anos, eu queria ter uma vida diferente da dos meus pais. Para mim diferente significava o centro de São Paulo, os bares e as boates gays onde eu poderia fazer tudo que quisesse e nunca mais passasse uma noite assistindo a novelas. Quando consegui meu primeiro emprego, saí de Osasco para dividir uma quitinete com Marcos, meu amigo-irmão das baladas noturnas. Conquistei plenamente a vida livre de sofá ou TV (mesmo porque não cabia um sofá na quitinete). Foram anos improvisados e precários em que transei como nunca. Foi somente em 1994, quando mudei para o apartamento de Agnes, que entendi o que é morar bem. "Ambientes amplos e iluminados" não é apenas uma frase em anúncios de empreendimentos imobiliários. Alguns ambientes são amplos e iluminados. Um bairro bom é uma ilha de tranquilidade doméstica (e pouco acessível) dentro da cidade gigante e horrorosa em que nós vivemos.

Morar em São Paulo é um grande problema, e principalmente um drama de comparação. Quando dividia a quitinete com Marcos, eu gostava. O prédio não tinha porteiro e a taxa de condomínio era baixa. O morador anterior instalara uma divisória no único cômodo, que se dividia em duas partes razoáveis, onde organizamos dois quartos. Custava por pessoa o valor de um salário mínimo na época, o que proporcionalmente seria barato ainda hoje. Não sentíamos falta do espaço que não existia: sem sala, abríamos a divisória e espalhávamos almofadas nos colchões. Os amigos chegavam e deitavam nas camas, bebíamos cerveja encaixados uns nos outros enquanto combinávamos para onde sair.

O apartamento de Agnes tinha três quartos e uma sala grande. Foi comprado por ela e o marido quando Bruno nasceu, com dinheiro das duas famílias. Para o ex-marido, Agnes nunca disse que eu era sua mulher. Eu era apenas uma amiga que ajudava com as contas, durante todo tempo tive uma cama "oficial" no escritório. Mas dormíamos juntas e Bruno certamente contou ao pai, que me tratava com certa condescendência debochada, eu era uma consolação frágil para a ex-mulher que não conseguia outro homem. Quando discutiam ao telefone, Agnes confirmava essa interpretação: "É só uma amiga. Não faça drama por tão pouco". Para mim, ela alegava que era um truque para evitar que ele cobrasse sua parte do apartamento.

Eu me lembrava constantemente, no período em que vivemos juntas, que o lugar não era meu. Que eu não poderia me acostumar, porque não tinha nenhuma garantia. Vivia ali porque estava com ela, e deixaria de viver se o casamento acabasse. Fiz um esforço consciente para não me apegar, mas os dias passados, um depois do outro, acostumam o corpo ao espaço. E certas condições têm valor independente de interpretação. Um lugar bonito é melhor que um lugar feio. Um apartamento confortável é melhor que uma quitinete dividida por uma divisória de pinho. O studio que comprei como investimento era uma segurança, mas eu temia que, se necessário, o novo ambiente me parecesse apenas um refúgio degradado.

Finalmente a imobiliária me telefonou com notícias. O inquilino do meu apartamento iria entregar as chaves até o dia dez. Foi um alívio. Embora eu tivesse o direito legal de reocupar o imóvel para residência própria, um acordo amigável era mais leve que uma ação judicial. Enquanto esperava, organizei meus papéis e discuti a divisão dos móveis com Agnes. Ao longo dos anos, meu pai encontrara e recuperara algumas peças antigas para combinar com a decoração dela. Uma poltrona de jacarandá, duas cadeiras Sérgio Rodrigues, três lustres de vidro opalinado, além de louças e pequenos objetos. Antes de Agnes eu não identificaria nenhum desses detalhes. Meu pai chamava jacarandá de "madeira boa". Minha mãe gostava de vidro transparente e brilhante — a versão opalinada era coisa velha, para ela. Sérgio Rodrigues era o único designer que eu reconhecia porque, na primeira vez que o nome apareceu numa conversa, confundi com Sérgio Reis, o cantor sertanejo. Agnes riu e morri de vergonha. Histórias obsoletas de agora em diante. Agnes queria os lustres e a poltrona e propôs outras peças em troca. As cadeiras eram caras e vendi.

9. Primeira visita

Dia 10 de janeiro fui buscar a chave do apartamento na imobiliária, no mesmo dia em que o inquilino o devolveu. Estava em boas condições, com pintura nova, e marquei a mudança sem fazer nenhuma reforma. Tirei duas semanas de férias, comprei os eletrodomésticos da linha branca e, quando o básico foi instalado, olhei o apartamento que agora era meu para uso. Era a tarde de um sábado, no início de 2005. Eu estava solteira e livre em meu próprio apartamento limpo, o dia claro, a janela aberta para uma metade de árvore, uma parte do céu, pedaços de outros prédios com outras pessoas. Eu tinha um emprego decente e um corpo saudável.

Já haviam se passado quase dois meses desde a separação, mas minha cabeça ainda estava desacostumada dos fluxos agradáveis. Num instante eu sentia orgulho por me reorganizar rapidamente, não lembrava do divórcio nem de Agnes. Depois lembrava. Então tudo desaparecia novamente, era apenas eu, disponível e independente. As sensações oscilavam, até que finalmente uma certa segurança se estabilizou. Eu poderia telefonar para qualquer mulher, entrar em qualquer bar e potencialmente conhecer qualquer alma no mundo. Quantas mulheres interessantes passaram em minha vida enquanto estive casada? Mulheres que encontrei no trabalho, na academia, em festas e jantares. Eu me lembrava de seus rostos e corpos e certos sorrisos interessados. Alcancei o telefone e liguei para Melissa.

— Alô.

— Oi. É a Luciana, lembra de mim?

— Nossa. Quem é vivo sempre aparece.

— Pois é.

Eu perguntei como andavam as coisas, ela contou que estava em casa, olhando a geladeira vazia, procurando algo para comer. Não estava com fome, mas não tinha nada melhor para fazer no momento.

— Pensei que nunca mais ia aparecer. Você é difícil — ela disse.

— Normalmente não. Mas tive uns meses difíceis.

— Já passou?

— Passou.

— Que bom.

Ela quis saber as novidades e eu contei do apartamento novo. Ela disse:

— Ah... legal. Quer dizer, legal pra você. Enfim. O apartamento é seu.

— É. As coisas estão mais tranquilas agora.

— Fiquei passada quando você não ligou mais. Não foi legal da sua parte.

— Me desculpe. Desculpa mesmo. Foi mancada minha. Eu devia ter ligado.

— Deixa pra lá. Tanto faz.

Ela parecia irritada e eu já me preparava para desligar. Mas de repente ela falou:

— Então, quer marcar alguma coisa?

Levei um instante para organizar uma resposta. Eu esperava uma conversa mais longa sobre nossos encontros e desencontros. Talvez precisasse de alguns telefonemas até chegarmos novamente à harmonia. Mas ela queria agora e eu correspondi. Eu ia almoçar com meus pais no dia seguinte. Sugeri nos encontrarmos depois do almoço, à noite.

— Por mim tudo bem.

— Então combinado. Eu te ligo no fim da tarde. Posso ir te buscar.

Quando desliguei, mal conseguia acreditar. Eu tinha um novo encontro com Melissa.

Meus pais chegaram cedo no outro dia para tomar café da manhã. Vieram arrumados e cheios de sacolas com coisas que achavam que eu precisaria. Meu pai tirou a camisa limpa e me ajudou a instalar algumas prateleiras, a mãe arrumou as panelas e louças nos armários, e depois os convidei para almoçar num restaurante do bairro, que colocava mesas na calçada e servia comida nordestina aos fins de semana. Eram quatro da tarde quando nos despedimos, na portaria do meu prédio, ao lado do velho carro branco do pai, e eles voltaram para Osasco.

Assim que entrei novamente no apartamento, peguei o telefone e liguei para Melissa.

— Oi, tudo bem?

— Você ligou mesmo.

— Claro que liguei.

Combinamos um horário e peguei o endereço para ir buscá-la. Ela desceu com os cabelos molhados e uma camiseta de alça decotada, estava muito calor. Eu sugeri um bar moderno, caro, que tinha pesquisado no jornal. Queria compensar as mancadas anteriores mostrando capricho. Mas ela perguntou:

— Você não quer me mostrar seu apartamento?

Nosso encontro na outra vez voltou claro à minha memória. Seu jeito de propor coisas inesperadas e se mostrar decidida de repente. Enquanto eu dirigia para o apartamento, conversamos sobre detalhes amenos, amizades em comum que talvez tivéssemos, nossas relações com Heloísa e Patrícia. Eu sentia vontade de beijá-la e contava os quarteirões para chegar.

Quando entramos, mostrei rapidamente as coisas novas. Não havia muito para ver, mas ela perguntou sobre o apartamento, a mudança, os móveis.

— Você precisa pendurar alguma coisa na parede. Está muito branco.

Depois ela quis me mostrar uma música. Pegou um iPod da bolsa hippie (tinha um iPod mesmo, original, não um aparelho genérico qualquer). Escolheu uma faixa, dividiu o fone de ouvido comigo, puxou meu braço para dançar. Eu não danço bem, mas arrisquei uns passinhos. Era uma música bonita e relaxante e parecia um ótimo momento para beijá-la. Coloquei a mão em volta de seu pescoço e me aproximei.

Melissa aceitou o beijo, mas não abriu a boca. Segurou minha mão e se afastou um pouco.

— Acho que você entendeu errado — ela disse. — Eu vim aqui como amiga. Só isso.

10. Uma cama está ótimo

"Eu vim aqui como amiga. Só isso." Duas frases claras, e eu deveria ter aceitado seu significado literal. Mas a vontade cria armadilhas e acreditei que Melissa fazia charme.

— Tudo bem — eu disse. — Quer uma cerveja?

A rua Augusta morava carinhosamente nas minhas lembranças, desde a época da quitinete com Marcos. Boates com fachadas de néon, prostitutas de shorts e botas, pais de família passando de carro devagar, combinando pela janela os programas com as garotas. E nós — eu, Marcos, nossos amigos — jovens gays durangos aproveitando os aluguéis baratos dos prédios antigos. A região se transformava desde que inauguraram um shopping center, mas eu não sabia que estava na moda entre os jovens alternativos. Na minha época não era estilo — era simplesmente barato.

Mas foi Melissa quem sugeriu a rua Augusta. Fomos para lá e ela falava animadamente, enquanto caminhávamos até o bar sensacional, segundo ela, que tinha uma coleção incrível de discos de vinil:

— Quantas paixões você teve na vida? — ela me perguntou. — Só as reais, não as platônicas.

— Você quer um número ou uma lista com nomes?

— Eu tenho uma teoria sobre o assunto.

— Pode me explicar.

— Se a gente está solteira, a média de paixão é uma por ano. Para as pessoas casadas, é uma a cada três anos.

— Como você concluiu isso?

— Sei lá. Percebi.

Contou que também frequentava a rua alguns anos antes, quando tinha mais prostitutas. Chegou em São Paulo aos dezessete anos, em 1998, vinda de Santa Bárbara do Oeste para a faculdade de psicologia.

— Eu namorava o Guilherme. Muita maconha e pouca aula. A gente passava a noite pela Augusta, tipo herdeiros da contracultura.

Eu estava feliz de perceber que ela falava livremente, como escrevia seus e-mails no começo. Ex-namorados são um tema de pouquíssimo interesse, mas eu queria ouvi-la e pedi que contasse mais.

— Guilherme morava sozinho no apartamento dos pais, que estavam fora num ano sabático, viajando para o Caribe num veleiro. O pai tinha uma fábrica de suplementos alimentares e energéticos.

— Ele estudava?

— Não. Começou filosofia mas trancou. Desenhava, ficava lendo e falando dos anos 70. Às vezes berrava pela janela que o Sérgio Sampaio era o gênio incompreendido da cultura brasileira.

Eu perguntei quem era Sérgio Sampaio e ela me explicou. Cantou emocionada um trecho de sua canção mais conhecida: "Há quem diga que eu não sei de nada, que não sou de nada e não peço desculpas".

— Como você conheceu esse Guilherme?

— O pai dele é amigo do irmão da Heloísa. A gente se conhecia das férias na praia. Depois a gente se reencontrou num show e eu achei que estávamos namorando sério. Mas ele apareceu com uma japonesa e queria que ficássemos os três juntos. Disse que, se eu o amava, também amaria outras pessoas que ele amasse.

— Argumento questionável — eu observei, pouco curiosa pelas surubas alheias.

— Ficamos um tempo transando os três. Eu achava que nosso amor era eterno. Que nosso encontro era uma força do destino.

Aquela noite terminou sem nenhum contato íntimo, mas fiquei entusiasmada com nossa sintonia e alimentei esperanças, esperando a hora de telefonar de novo para ela. Nos dias seguintes, procurei uma academia perto do apartamento e voltei a acordar cedo para fazer exercícios antes de ir trabalhar. Corria quarenta ou cinquenta minutos de manhã bem cedo, terminava o treino suada e tomava banho imaginando o dia em que teria Melissa nua no chuveiro comigo.

Quando nos encontramos novamente, ela estava com uma mochila e perguntou se podia dormir na minha casa.

— Depende — eu respondi. — Como amiga?

Ela sorriu charmosa por um instante antes de responder:

— O que você prefere?

— Eu só tenho uma cama.

— Uma cama está ótimo — ela disse sorrindo.

De todas as coisas que descobri sobre Melissa com o passar do tempo, duas impressões iniciais se mantiveram.

Primeira, ela era engraçada. Segunda, ela transava bem. Passamos uma noite incrível, e no dia seguinte tentei caprichar no café, arrumando a mesa, colocando a manteiga num potinho, tostando o pão (que não estava tão fresco).

Enquanto comia, Melissa contou que passava as noites num colchão na sala de um amigo ator que dava aulas de teatro numa oficina da prefeitura. Ele trabalhava em casa todas as manhãs.

Melissa precisava acordar cedo, desmontar a cama e sair do apartamento para não atrapalhar. Passava o dia na rua, ia ler numa biblioteca, num parque, ou assistir a um filme gratuito num centro cultural.

— Mas não tem um lugar melhor pra você ficar? Uma república, uma pensão?

— Estou com grana zero. Nesse esquema, ele não me cobra nada. Ele disse que tudo bem por uns meses.

Ela explicou que arrastara o curso de psicologia durante anos sem se formar, mas o desânimo só crescia e finalmente ela desistiu. Quando abandonou a faculdade, mentiu para os pais que tinha um emprego e não pediu mais mesada.

— Fiquei com vergonha. Eles pagaram a faculdade por cinco anos e eu só fiz merda.

— Mas como você se mantém?

— Faço uns bicos de garçonete em eventos. Tenho uma amiga que trabalha em festas de casamento e me chama. Minha mãe manda um dinheiro de presente de vez em quando. Mas só dá pra comida e ajudar um pouco nas contas. Não teria suficiente pra rachar um aluguel.

Tanto desprendimento era uma surpresa para mim. A vida transitória me parecia imatura e algo ingênua, mas eu não conseguia recriminá-la totalmente, considerava até um pouco triste que não fosse uma opção viável. Seria simpático um mundo em que se pudesse seguir tão sem planos.

— Você não tem medo de viver assim?

Ela tentou dizer algo e desistiu. Depois organizou alguma história:

— Embora eu lembre o que aconteceu, não sei bem como cheguei a esse ponto. Eu queria tanto ser psicóloga quando tinha uns quinze anos! Mas em São Paulo comecei a fazer terapia e me assustei. Achei que era apenas uma paciente, não tinha estrutura para ajudar ninguém, nunca poderia ser psicóloga.

— As pessoas crescem.

— Mas eu poderia crescer tanto?

— Todo mundo cresce.

— Eu achava que não.

— Então agora você está solta no mundo sem plano de futuro? Não acredito. Você deve ter uma ideia vaga. Ninguém não quer nada.

— Não sei bem o que fazer sem incomodar os meus pais. Estudar custa caro. Se eu pedisse eles ajudariam, mas tenho medo que façam um empréstimo e se endividem sem me contar.

— Por que você não arruma um trabalho fixo?

— Mas o que eu sei fazer? Eu não sei fazer nada — ela disse.

11. Terra de Polvilho

Para conhecer mulheres é preciso certa coragem. É o que se aprende no começo da carreira. Coragem para se aproximar e casca grossa para aguentar muitas negativas. Eu não gostava das frases de efeito e elogios baratos de aproximação, mas precisei praticar alguns. Aprendi a ignorar minha própria timidez e tomar a iniciativa, mas nunca foi fácil. Por isso, mesmo na fase mais gloriosa quando cheguei a São Paulo, naqueles poucos anos em que fiz sucesso nos bares com algumas dezenas de mulheres, nunca deixei de valorizar o principal: o momento raro e mágico em que uma mulher ficava nua para mim.

Toda minha vida de solteira aconteceu antes da internet. Antes que blogs, sites, quadrinhos e até a novela *Malhação* ensinassem às jovens lésbicas como paquerar e namorar. Aprendi na vida, como se diz — adaptando, para meu contexto, os conselhos que ouvi de minha mãe na adolescência.

Na casa em Osasco, às vezes ela vinha descansar no meu quarto, enquanto eu estudava. Folheava uma revista, tomava uma xícara de café doce, puxava conversa. Contava as histórias de seus namorados antes de casar com meu pai, relembrando para si mesma, talvez tentando me ensinar alguma coisa.

Ela conheceu o primeiro namorado aos quinze anos, quando começou a trabalhar na fábrica de fósforos Granada. Na saída do trabalho os dois tomavam sorvete. Ele era alto e bonito. Ela trocava a blusa e arrumava os cabelos antes de sair da fábrica para encontrá-lo. Sentia-se orgulhosa de andar na rua e tomar sorvete ao lado dele. Mas à noite ela não podia sair. Logo as amigas contaram que ele tinha outra namorada, que levou de lambreta para ver *O jeca e a freira*, do Mazzaropi, no Cine Estoril.

O segundo namorado era um vizinho, baixo e forte, quase dez anos mais velho. Ele já tinha a própria casa. Minha mãe deixava o cabelo preso, como usava na fábrica, para mostrar que era trabalhadora. Queria que os dois formassem um casal honesto. Mas o vizinho não gostou desse cabelo. Falou para ela soltar, como fazia para o namorado anterior. Minha mãe se sentiu ofendida e terminou esse namoro também.

Finalmente ela conheceu meu pai, que operava uma das máquinas da fábrica. Ele a esperava na saída do setor de empacotamento. Às vezes compravam pipoca doce na kombi do Paraíba, enquanto esperavam o transporte. Ele nunca reclamava de nada, parecia sempre satisfeito. Disse que gostava de mulheres capazes de trocar um sifão de pia. Minha mãe achou engraçado e aceitou se casar.

A mãe tinha um jeito estranho de ensinar as coisas. Suas histórias eram honestas demais. Ela terminava sempre com esta frase:

— Se pudesse escolher de novo, eu não casaria. Não sei quem inventou que casamento é bom para a mulher.

Eu deveria ter acreditado nela. Mas as mulheres me comovem. Têm um efeito imediato: sexo bom, discernimento interrompido. Depois de transar até as três da manhã com Melissa, e dormir tranquila ao lado dela, achei natural dizer no café da manhã (embora fosse a quarta vez que nos encontrássemos):

— Você quer uma cópia da chave? Passo o dia todo no trabalho. Você pode vir e fazer suas coisas. Não é bom ficar perdida por aí.

— Mas você nem me conhece direito.

— E daí? Você é perigosa?

— Não foi isso que eu quis dizer. É que... bem, a gente não tem nada sério. Se transamos ontem foi por acaso.

— Fique tranquila. Eu entendi.

— Você vai contar pra Heloísa que nós transamos?

— Você não quer?

— Acho que não.

Eu prometi segredo e Melissa aceitou a chave. Para mim, o trato de amizade era mero protocolo. Concordei que tudo bem, nada sério entre nós, mas esperava que ela aparecesse diariamente cheia de amor, mesmo que volúvel. Depois do café nos beijamos um pouco, mas logo ela disse que precisava visitar os pais em Santa Bárbara do Oeste. Eu a levei até a rodoviária e passei minhas horas restantes de domingo lembrando de sua bunda, de seus peitos, pensando em montar sobre ela e colocar a mão inteira entre suas pernas.

Melissa ficou alguns dias sem aparecer. Resisti com muito autocontrole à tentação de telefonar. Talvez ela ainda estivesse com os pais em Santa Bárbara. Era minha última informação e eu ainda tinha meus instintos básicos de conquista, o princípio elementar do pingue-pongue. Joguei a bolinha, ela precisava rebater. Seria péssimo jogar várias bolinhas seguidas enquanto ela não mostrasse a raquete.

Finalmente, na quinta-feira, recebi uma mensagem de Melissa. "Estou com saudades." "Que bom. Estou aqui", respondi. "Posso te visitar como amiga?" "Claro. Você tem a chave."

Quando cheguei em casa, às sete da noite ela estava deitada no pequeno sofá da sala, ouvindo música no iPod. Logo que entrei, levantou alegre e veio me cumprimentar, como um cachorro quando o dono chega em casa. Abriu sua mochila, que estava jogada sobre a mesa, e me ofereceu um baseado. Disse que estava me esperando para começar.

— Acho que hoje não quero — eu disse. — É meio de semana, prefiro pegar leve.

Na verdade eu não queria perder o controle, e preferia estar sóbria caso ela quisesse transar. Mas achei que a desculpa do trabalho, embora careta, mostrava mais independência. Completei:

— Você pode ficar à vontade. Está com fome? Posso pedir uma pizza. Ou então comida chinesa, você gosta?

— É engraçado quando você diz: "pode ficar à vontade" — ela comentou, carinhosa, enquanto acendia o baseado.

Melissa adorou a ideia da comida chinesa. Queria comer arroz e carne, disse, sozinha nunca fazia comida quente. Me seguiu pela casa enquanto eu deixava a bolsa no quarto, lavava as mãos, trocava de roupa. Parecia feliz de ter companhia e não parava de falar.

— Hoje só comi umas laranjas, estava com preguiça de pensar no assunto e não aguento mais comer pão. Acho que de tanta fome fiquei com sono e dormi umas duas horas no seu sofá. Tive um sonho tão estranho. Sonhei que precisava preparar várias jarras de suco e tigelas de sopa para servir a alguém. Depois eu estava numa praia, deitada de costas sobre a areia, e uns amigos que eu não conhecia estavam numa casa atrás de mim. E de repente começava a chover golfinhos.

Ela contou que escrevia poesias num caderno, sempre que sonhava algo diferente. Buscou o caderno na mochila e me mostrou algumas páginas. Sua caligrafia era bonita:

> *Ainda sonho que um dia/ ele encoste ao meu lado na festa/ e diga que só pensa em mim/ e na tarde que nos tocamos/ e não lembro o que aconteceu.*
>
> *Ando pela rotatória e vejo o ônibus/ 537-T em direção a Polvilho./ Tudo o que desejo é ir para Polvilho/ para a Terra de Polvilho.*

Depois da comida chinesa, ficamos no sofá ouvindo música. Ela deitou no meu colo e fiz carinho em seus cabelos. Eu ainda decidia se avançava um pouco mais quando ela disse:

— É tão gostoso ficar só assim, de olho fechado, sem fazer nada.

Então permaneci como estava, acariciando seus cabelos. Ela pegou no sono e depois de um tempo, meio lenta, perguntou se podia dormir no sofá.

— Mas é tão pequeno — eu disse.

— Está gostoso aqui.

Eu não discuti. Ela parecia tranquila como uma criança. Eu a cobri com um lençol e fui para a minha cama. Adormeci meio comovida com seu jeito desprotegido, abraçada à almofada.

Embora eu tenha saído com muitas mulheres na minha fase gloriosa, não namorei firme tanto assim. Minhas relações mais longas foram com Silmar, minha parceira de cursinho, Letícia na faculdade (que depois virou evangélica e apagou seu passado gay), Bebel e Agnes. A cada fim de namoro eu achava que estava mais experiente, que tinha aprendido com meus erros. Não achei que errava quando dormi comovida com Melissa no sofá.

Depois daquela noite inocente, Melissa apareceu no dia seguinte e no outro. Mandava mensagens de texto carinhosas durante o dia e, com a chave do apartamento, estava ali quando eu voltava do trabalho. Ela perguntou se podia usar minhas caixas de som e estava sempre ouvindo música. Eu ouvia o som do corredor e, quando abria a porta, ela vinha alegre me cumprimentar. Mostrava uns discos de vinil antigos, suas raridades, contava histórias da vida dos cantores. O compositor que se jogou da janela de um hospital psiquiátrico, os hippies que se encontravam numa pedra mágica no interior de Pernambuco. Ela adorava os anos 1970. Ouvia admirada as longas faixas experimentais em que os músicos provavelmente estavam tão chapados quanto ela.

Quando eu era adolescente, em Osasco, minha admiração pelo rock se baseava no rádio e na televisão. Assistia toda segunda-feira ao programa Matéria Livre, na TV Paulista, que sintonizava mal na minha casa. Imaginava que um dia, mais velha, poderia ser como a cantora do grupo As Proletárias, mal-humorada, com metade da cabeça raspada. Lembro de ver na TV os shows de punk paulista aos quais nunca fui. Os garotos do skate, meus amigos no colegial, nunca tinham grana para nada. Os melhores shows aconteciam no ABC e era difícil voltar de trem para Osasco depois da meia-noite.

Eles iam quando era grátis. Enchia de gente, dava briga, eu tinha medo. Do meu bairro em Osasco, somente Marcos frequentava os bares descolados de São Paulo. Mas ele não gostava de rock. Na única vez em que o convenci a me acompanhar ao Carbono 14, durante a época do cursinho, também fiquei um pouco frustrada. Apesar do ambiente escuro e alternativo, as mulheres não pareciam interessadas em outras mulheres.

Era gostoso ver Melissa em minha casa ouvindo o rock psicodélico que eu desconhecia. Eu tentava consertar retrospectivamente uma adolescência suburbana que foi bem-comportada demais.

12. Um quadro na sala

Nos programas femininos e revistas sobre pessoas famosas, quando uma atriz de novela termina um namoro sempre perguntam: "Você está pronta para um novo amor?". Elas às vezes estão prontas e às vezes querem se dedicar à carreira. Minha mãe se comovia quando as atrizes boazinhas se separavam. "Coitadinha, parece uma princesa e olha o que aconteceu." Quando eu era adolescente, as separações das atrizes eram mais raras e mais comoventes.

Às vezes me pergunto como me apaixonei por Melissa tão rapidamente, tão perto do fim de minha longa história com Agnes. Eu deveria ter passado meses chorando num quarto escuro tentando esquecer aquela perda terrível sem conseguir.

Mas fiz exatamente o contrário. Eu embalei no ritmo de Melissa e fiz tudo o que ela quis fazer.

Os primeiros dias inocentes ouvindo música foram talvez a demonstração que ela precisava de que eu estava ali para qualquer coisa, que topava ficar com ela como ela quisesse, beijando ou não, lavando a louça ou não, pagando aluguel ou não.

Na terceira ou quarta noite em que deixei um lençol para ela no sofá, ouvi a porta do meu quarto se abrindo, quando tinha apenas apagado a luz.

— Oi... tá acordada? — ela perguntou.

— Sim.

— Posso deitar com você?

Ela deitou ao meu lado na cama e a partir dessa noite estávamos namorando.

Por três semanas fantásticas, Melissa foi tão carinhosa e deixou meu apartamento tão alegre! Eu passava todo o tempo no trabalho esperando a hora de voltar para casa. Trocávamos dezenas de mensagens, ela mandava beijos e letras de música, e eu lembrava de bandas antigas que ela podia gostar. E declarava meu amor: "Passei o dia lembrando da tua bundinha". Quando chegava, eu queria beijá-la, apertar seu corpo, e depois dos primeiros beijos ela suspirava e me abraçava. Dizia "Vamos ficar um pouco assim?", acariciando meu cabelo. Ela gostava de colo, abraços e carinhos. Eu aproveitava o abraço para apertar suas coxas.

— Você gosta da minha bundinha ou você gosta de mim?

— Gosto de uma e da outra.

Às vezes transávamos logo que eu chegava, mas normalmente demorava um pouco mais. Eu esperava até sentir que ela queria também. Melissa perguntava do meu dia e logo puxava suas conversas preferidas: queria saber dos meus amores passados, como eu percebi que era lésbica, minhas primeiras histórias e descobertas. Mas eu preferia que ela falasse, não eu. Eu descansava ouvindo sua voz. Quando ela se animava para transar, era tanta vontade que o resto desaparecia. Fazíamos coisas que eu raramente fizera com Agnes, e nunca de modo tão puramente físico e sem cautela. Ela era solta e criativa e seu corpo reagia a tudo. Depois se entusiasmava e fazia planos de mudanças e viagens internacionais. Nós largaríamos tudo para morar num sítio, na praia ou na Austrália, e eu concordava: "Vou pra onde você quiser". E assim passávamos horas no meu apartamento pequeno que agora parecia o melhor lugar do mundo. Já tarde e cansadas, dormíamos espalhadas pela cama. Às vezes aninhávamos as pernas, às vezes minha mão em sua cintura, o braço dela em meu peito.

Eu me sentia em total sintonia com ela, tudo se encaixava perfeitamente, até a diferença de idade, sua vida sem rumo, seu desemprego, minha longa crise com Agnes. Foram os fluxos do universo que levaram ao nosso encontro. Num café da manhã de domingo, perguntei a ela se queria trazer suas coisas definitivamente para meu apartamento.

— O que você acha? Vamos ver o que acontece?

Ela concordou sorrindo:

— Vamos nessa.

Fomos de carro buscar as coisas de Melissa no apartamento de seu amigo ator. Ela já tinha levado quase todas as roupas para minha casa aos poucos. Faltavam uma caixa de livros, um micro-ondas e uma pequena televisão de tubo. A TV estava num canto, desligada da tomada, sobre a caixa de livros. Melissa perguntou se o amigo queria ficar com ela, mas ele não quis. Atrás de uma estante baixa havia também um quadro apoiado no chão. Era uma paisagem rural pintada sobre veludo escuro, um lago, araucárias, uma cabana e montanhas. Melissa explicou seu afeto por esse gênero de pintura popular, o mau gosto simplório a comovia. "Me sinto bem vendo a lua entre as árvores", ela disse. Desde criança, quando viajava de carro com os pais, passava pela barraca de um velho vendendo suas pinturas na beira da estrada.

— Eu comprei num feriado de Natal, no primeiro verão depois que vim para São Paulo.

Limpei uma coluna do meu guarda-roupa para Melissa colocar suas coisas, que antes estavam misturadas às minhas. Ela tirou os livros da caixa, alguns volumes de psicologia, um livro de poesia e uns poucos romances.

— Posso pendurar o quadro em algum lugar? — ela perguntou. — Você acha muito feio? Quer que eu deixe no corredor?

— Pendure onde quiser — eu disse. — Se você gosta, pra mim é lindo.

Nos fins de semana saíamos para almoçar, assistíamos a filmes e passeávamos pela cidade. À noite íamos a shows de música que ela descobria, quase sempre pequenos shows alternativos em bares e centros culturais. Eu pagava tudo, mas ela se esforçava em procurar eventos gratuitos e lugares baratos. Bebíamos cerveja e comíamos batata frita e a noite ia sem gastar muito. Ela se orgulhava quando eu elogiava uma banda que ela sugeria e eu ficava feliz de vê-la tão contente.

Nos intervalos das músicas conversávamos e Melissa contava divertida sobre seus diversos namorados.

— Uma época saí com um cara que morava no apartamento do avô falecido. O carpete e o sofá eram de veludo verde. Tinha crucifixos e imagens de Cristo nas paredes. Também saí com um publicitário obsessivo com o apartamento novo. Tudo era caro e importado, o sofá era importado, os lençóis e os colchões e as toalhas no banheiro. Eu morria de medo de manchar ou deixar alguma coisa fora do lugar. Se caía um farelo no chão, ele surtava e me dava bronca como se eu fosse uma criança.

Ela narrava algumas cenas em minúcias, pedia desculpas pelo excesso de detalhes, mas não conseguia interromper uma ideia incompleta. Muitas de suas histórias não tinham um final claro, nem eram propriamente histórias. Eu imaginava que haveria um significado naquele amontoado de fatos, porém a conclusão muitas vezes não vinha, ela tentava se explicar adicionando mais detalhes, o cenário ficava cada vez mais complexo mas igualmente sem propósito. Eu me perguntava se Melissa sempre falava tanto de sua vida com as outras pessoas que ela conhecia. Perguntei se ela sentia falta dos amigos da faculdade.

— Nem tanto. Às vezes sinto falta do Guilherme. A gente se dava bem. Mas acho que não dei sorte com as pessoas em São Paulo.

— Você teve outro namoro que durou mais tempo?

— Eu fiquei muito tempo enrolada com o Guilherme. Ele desaparecia e voltava com garotas diferentes. No fundo eu estava sempre esperando por isso, não namorava firme, ficava livre para quando ele ligasse. Mas ele só fazia isso porque gostava de transar a três e sabia que eu topava. Até que um dia ele se apaixonou por uma amiga de infância, a filha do melhor amigo do pai dele, que morou um tempo na França. Casou, teve um filhinho e desapareceu.

— Quanto tempo isso durou?

— Uns três anos. Hoje eu vejo que ele nunca casaria comigo. Acho que eu não era bonita o suficiente para ele. Ele dizia que eu era triste. Mas a vida é triste, não é?

— Não sei. Talvez.

— Minha mãe queria tanto que eu me apaixonasse. Ela imaginava um rapaz que gostaria muito, muito de mim, ela dizia. Que me trataria com cuidado e carinho. Ela sempre repetia: "Como é bonito descobrir o amor juntos". Mas o tempo foi passando e isso não aconteceu.

— E você não queria se apaixonar? Sua mãe queria por você?

— É difícil querer o que alguém já quer. Mas eu também não conseguia esquecer. Ficava sempre esse rapaz imaginário no fundo da minha mente, como alguém que eu deveria me esforçar para encontrar, como se nada funcionasse porque era isso que deveria acontecer.

— Você herdou um projeto.

— E você não?

— O casamento não é um grande assunto para meus pais, minha mãe nunca se importou que eu tivesse um namorado. Ela não gosta muito de homens. Diz que dão mais trabalho que amor.

Nas conversas mais sérias, eu ficava preocupada com Melissa. Perguntei se ela contara aos pais onde estava morando.

— Faz tempo que eu não falo nada. Eu troquei de república tantas vezes que parei de contar.

— E como eles te encontram?

— Pelo celular.

— Eu acho que você precisa avisar. Passa meu endereço, não precisa explicar. Mas pelo menos eles sabem onde você está.

— Tá. Um dia eu faço isso.

Seu tom de voz sugeria que ela não tinha nenhuma pressa ou vontade, então insisti:

— Posso pelo menos avisar a Heloísa? Digo que somos amigas. Pelo menos alguém sabe onde você está.

— Tudo bem — ela disse. — Pode falar.

Um dia, na Escola, expliquei a situação para Patrícia. Era o caminho mais fácil para chegar a Heloísa, sem atropelar a hierarquia das amizades. Contei a história desde o início, como conheci Melissa, o reencontro no sítio de São Lourenço, a condição atual dela, sem trabalhar nem estudar. Patrícia não sabia esses detalhes, tinha ouvido uma história diferente. Tanto ela quanto Heloísa pensavam que Melissa tinha terminado a faculdade.

— Ela está morando com você? — perguntou.

— Está.

— Você está apaixonada por ela?

Eu não respondi.

— Está — ela concluiu. Não parecia muito satisfeita. Completou: — Cuidado com essa história.

Quando eu dirigia de volta para casa, pensei em tudo o que tinha acontecido nos últimos tempos. Revisei mentalmente minha história com Agnes: os bons momentos, as crises, as etapas decisivas. Fiquei alguns minutos obsessiva com a ideia de lembrar nosso primeiro erro, o ponto de mudança quando as coisas começaram a dar errado. Houve alguns problemas, e não foram pequenos, antes mesmo de Bruno ir para o Canadá. Nosso último período de felicidade plena aconteceu em 1996 depois de férias na Disneylândia, no aniversário de catorze anos de Bruno. Foi a primeira viagem ao exterior que fizemos juntas, a primeira na vida para mim. Começamos a morar juntas em novembro de 1994. Fazendo as contas, foram dois anos de felicidade honesta e sem brigas. Mas seria isso mesmo? Ficamos juntas por dez anos e fomos felizes em dois?

Os fatos ordenados me surpreendiam como se fossem a história de outra pessoa. Era isso que tinha acontecido com meu primeiro grande amor. Minha relação com Melissa então me aliviava por seu amor circunstancial e modesto, localizado na pequena sala do meu apartamento, nas noites no meio da semana depois que eu voltava do trabalho. Havia algum impulso maternal pela nossa diferença de idade, alguma identificação com seu desamparo, suas dificuldades para fazer faculdade, sua melancolia meio desajeitada. Eu entendia, como ela, que existir era contingente apesar da sensação eventual de que alguma coisa é importante.

13. A primeira parte do problema

Uma noite, enquanto eu lia notícias no computador e Melissa assistia a uma comédia na televisão, recebi pelo Skype uma chamada de Bruno. Não reconheci imediatamente sua foto de identificação. Ele estava com barba, parecia mais velho do que o rapaz de vinte e dois anos que era. Levei o computador para o quarto, para conversar com ele sem atrapalhar Melissa, um pouco ansiosa sobre o motivo da chamada. Era estranho, mas eu ainda esperava, num contato surpresa, que fosse Agnes arrependida me pedindo para voltar. Eu não queria voltar, apenas queria vê-la arrependida, sentir que fazia falta. Mas a ligação não era um pedido de Agnes. Era Bruno muito surpreso, pois soubera apenas naquele dia da separação. Por meses ela voluntariamente disfarçara as referências sobre mim, para que ele não desconfiasse. Passaram três meses conversando, toda semana, sobre as novidades de um e de outro — e sobre a separação ela não disse nada até que aquele dia, entre um assunto qualquer, mencionou o fato como se fosse um detalhe circunstancial.

— Ela estava reclamando pela enésima vez sobre a infiltração no banheiro da lavanderia. Eu disse que você lidava melhor com essas coisas, e então ela falou que você tinha ido embora.

— Foi em novembro.

— Depois que ela veio me visitar?

— Logo depois.

— Por que ela não me falou? Minha mãe vive numa realidade paralela — ele disse. — Ela inventa uma fantasia e vive dentro disso.

— Bruno, ela sabe o que faz.

— Esta semana ela pirou. Me ligou quatro vezes. Quando eu reclamo, ela finge que não aconteceu nada.

— O que ela diz?

— As histórias de sempre. "Você esqueceu de mim." "Você só lembra de mim quando precisa de dinheiro."

— O que ela falou da separação?

— Quase nada. Não quis falar.

Tentei contar uma versão digna dos fatos. O desgaste natural com o tempo, os problemas que ele já conhecia.

— Essas coisas acontecem, Bruno. É a vida.

— Ela voltou a tirar do baú aquelas conversas sobre o meu pai.

As velhas conversas eram sobre o irmão mais novo de Bruno, filho de seu pai com a segunda mulher. O menino tinha quatro anos e Agnes se ressentia da atenção que o ex-marido dedicava à criança.

— Meu pai está bem agora. Pela primeira vez eu vejo ele realmente feliz. Ele me liga sempre para conversar.

Conversamos um pouco mais sobre sua vida no Canadá, notícias das aulas e dos colegas na universidade. Ao fim das novidades, ele perguntou novamente se a separação era mesmo definitiva.

— Você nem pensa em voltar?

— Não decidi sozinha. Acabou dos dois lados. Não sobrou nada desta vez.

— Pena.

Bruno mostrou a foto de uma garota de quem estava gostando. Apesar das más notícias, ele disse, sempre lembraria de como brincávamos juntos. De como ajudei numa época em que a mãe dele chorava muito. E desligamos.

E a lembrança de Agnes voltou forte como se a separação tivesse acontecido um dia antes. Então ela estava carente. Pedia mais atenção do filho. Por três meses não contou da separação. Porque era difícil ou porque não tinha importância? Por que ela estava carente só agora? Se eu ligasse agora, ela ficaria emocionada, diria que estava com saudades, que sentiu minha falta e nenhuma outra pessoa despertava o mesmo amor que existia entre nós? Ela precisava da minha ajuda? Fiquei um tempo no quarto, com uma vontade terrível de chorar, até que Melissa apareceu.

— Está tudo bem?

— Tudo bem — eu disse. — Era o Bruno, filho da Agnes.

— O que ele queria?

— Nada sério. As notícias de sempre.

Melissa perguntou muitas vezes sobre Agnes e nossa história. Ela tinha curiosidade sobre nossa convivência, a intensidade dos meus sentimentos antigos, os motivos da separação. Primeiro pensei que eram ciúmes, mas a repetição das perguntas me fez pensar em outra explicação menos defensiva. Melissa gostava de casos picantes, tinha um prazer infantil em ouvir dramas pessoais. Fiz um esforço para matar sua curiosidade com as informações básicas, como se tudo estivesse superado e amortecido em um passado distante. Eu adoraria que fosse assim.

Ela também perguntava sobre Bruno e sua viagem ao Canadá, comparava-se a ele como se ainda tivesse dezoito anos.

— Eu também queria estudar no exterior. Eu quis tanto fazer intercâmbio no colegial, mas meus pais não tinham dinheiro nessa época. Não deu.

O assunto da faculdade abandonada voltava frequentemente, Melissa pensava em retomar o curso, fazia planos, imaginava estratégias para parcelar a dívida dos anos anteriores e conseguir um trabalho para pagar as mensalidades. Depois ficava insegura, temia assumir o compromisso e não conseguir cumprir.

— Seus pais não podem mesmo ajudar?

— Meu pai trabalha no posto de saúde da prefeitura. Ele é médico pediatra, mas não sabe ganhar dinheiro. Quando eu era pequena, ele fazia plantão em pronto-socorro para pagar as contas. Mas agora ele está velho, não dá pra fazer plantão a noite toda.

— Mas você é filha única. Com que mais eles gastam?

— É difícil explicar. Ele me dá qualquer coisa que eu pedir, mas depois fica devendo no banco. Eu já conversei com eles um milhão de vezes. Tentei separar um caderno para eles anotarem as contas, mas eles compram qualquer bobagem sem pensar. Aparelho de ginástica, fritadeira sem óleo, passa-roupa vertical. Minha mãe é pirada.

— Será mesmo que não tem jeito? Talvez eu possa ajudar.

— Deixa isso. Eu nem gosto de lembrar.

— Eu me preocupo com você.

— Não é tão simples, Luciana. Eu tenho uma dívida.

Ela completou, um pouco desconfortável:

— Deixei de pagar seis meses do último ano que cursei. Meus pais mandavam o dinheiro mas, eu gastei e não paguei as mensalidades. Pra destrancar a matrícula, preciso negociar isso.

— Quanto é?

— É mais do que você poderia me emprestar. Eu teria vergonha de aceitar.

Eu insisti e ela me disse o valor. Era mesmo mais do que eu poderia dispor sem ficar ressentida caso algo saísse errado. Mas não era tanto assim. Em valores absolutos, o preço de meio carro pequeno. Não era motivo suficiente para desistir. Eu disse:

— Veja com teus pais como eles podem ajudar. Eu vou pensar em alguma coisa também. Fale com eles. Não custa tentar.

Marquei um almoço com Patrícia e Heloísa para explicar o caso. Heloísa estava preocupada desde que soubera a primeira parte do problema. Tinha acompanhado as dificuldades de Melissa na infância. Ela e Carolina, a mãe de Melissa, foram muito próximas até o colégio.

— A gente tinha a mesma idade. Carolina era engraçada, moderna, uma garota original. Ninguém entendeu quando ela resolveu casar e se mudar para Santa Bárbara do Oeste. Santa Bárbara do Oeste!

— Eu não sabia que ela era de São Paulo.

— Os dois eram. Luís estava terminando a residência médica, mal tinha vinte e cinco anos. Carolina tinha dezenove. De um dia pro outro ela decidiu abandonar a faculdade, casar e ir embora com ele. No começo a gente ainda conversava direto por telefone. Quando Melissa nasceu foi uma festa, as amigas iam para lá no fim de semana. Era 1980, acho, a gente se divertia muito.

— Mas qual foi o problema então?

— Carolina começou a pirar. Não dormia de noite, só chorava, não queria falar com ninguém. Eu telefonava e ela desligava na minha cara. Fui até lá e ela não abria a porta.

— Teve algum motivo?

— Ninguém nunca entendeu. Foi muito difícil para todo mundo. Ela só falava em suicídio, a situação ficou tão grave que ela foi internada.

— Quanto tempo?

— Uma semana, dez dias, não lembro bem.

— Melissa tinha quantos anos?

— Uns três ou quatro.

Patrícia parecia já conhecer essa história e não prestava muita atenção. Para mim era uma surpresa, perguntei o que aconteceu afinal.

— De repente ela mudou. Parou de falar com as amigas antigas de São Paulo, começou a frequentar o clube de Santa Bárbara. Fazia muita ginástica, pintou o cabelo. Mudou completamente.

A história despertava em Heloísa os sentimentos fortes da juventude. Era uma das lendas da família. Encaminhei a conversa novamente para os assuntos práticos, e contei sobre a dívida de Melissa na faculdade.

— Quanto ela está devendo?

Eu disse o valor aproximado.

— Mas é tão pouco!

— Não é tão pouco assim — Patrícia comentou.

— É pouco para abandonar uma faculdade.

Eu não sabia exatamente a renda de Heloísa, mas conhecia a astróloga com quem ela se consultava e o preço que cobrava. Ela continuou:

— Eu posso ajudar, Luciana. É claro que eu vou ajudar. Tadinha da menina, enrolada desse jeito por um valor tão pequeno.

Patrícia, por experiência, não era tão generosa com jovens e adolescentes. Eu entendia suas reservas, depois de anos acompanhando a falta de entusiasmo de muitos alunos da Escola da Fonte, protegidos e com oportunidades demais. Mas aquele caso era diferente, era Melissa, tão sensível, tão sonhadora, tão linda. Patrícia sugeriu que Melissa estudasse no período noturno e fizesse algum estágio durante o dia.

— Ela pode trabalhar, Heloísa. Você não precisa cobrir tudo.

— De jeito nenhum. Ela precisa se concentrar e estudar. Quanto mais rápido ela terminar o curso, melhor.

— Não é melhor falar com Carolina? A gente não pode decidir isso sozinha. Pode ter coisas que a gente não sabe nessa história.

— Eu vou ligar pra mãe dela. Fique tranquila.

— Vocês ainda se falam? — estranhei.

— Hoje em dia sim, eventualmente. Faz tanto tempo. Não somos próximas, mas não estamos brigadas. De qualquer maneira, de um jeito ou de outro, Melissa precisa terminar essa faculdade. Eu vou ajudar em tudo o que for necessário.

Terminamos o almoço combinadas dessa forma. Eu permaneceria responsável pelos custos da casa, comida e transporte, e Heloísa ajudaria com as mensalidades e outras necessidades do curso. Heloísa conversaria com os pais em Santa Bárbara para envolvê-los no assunto. Tudo precisava ser resolvido rapidamente para Melissa voltar já naquele semestre. Estávamos no fim de fevereiro.

14. A melhor aluna

Contei a novidade para Melissa quando cheguei ao apartamento.

— Que vergonha — ela disse. — Heloísa não tem nada a ver com isso.

— Não é caso para orgulho agora. Ela se ofereceu de boa vontade. O mais importante é você ver direito quanto tempo precisa pra se formar e fazer tudo no prazo.

— Eu não posso aceitar. Eu não vou aceitar.

— Mas é uma coisa boa! Ela é sua família, ela gosta de você. As aulas vão começar, Melissa. É agora ou só em agosto.

Melissa ficou nervosa por uns instantes e então disse que precisava me contar algo.

— O que foi?

— Eu tenho vergonha de te contar.

— Você nunca tem vergonha de nada.

— Quando Guilherme casou, eu fiquei muito deprimida. E... bem, eu me apaixonei por uma professora. Uma das minhas professoras na faculdade. Foi uma coisa muito forte pra mim.

— Vocês tiveram um caso?

— Não. Foi... Sei lá. Ela era maravilhosa, as aulas dela salvaram minha vida. Eu e uma colega da turma, a gente passava o tempo todo falando da Laura. "Hoje eu vi a Laura na fila do café." "Hoje a Laura veio de echarpe verde." Foi um choque quando a gente descobriu que a Laura era casada com um médico cardiologista e morava em Higienópolis. Antes disso, a gente tinha certeza que ela era gay.

Melissa continuou descrevendo Laura e fiquei em dúvida, parecia uma bobagem infantil, mas eu tinha medo do que mais viria para completar essa história. Laura não usava maquiagem. Laura era feminista e inseria comentários sobre política entre os temas de psicologia que ensinava. Laura protegia as alunas mulheres e reprimia os alunos machistas.

— Eu decidi que ia transar com ela de qualquer jeito — Melissa continuou. — Ela era a pessoa mais inteligente daquele lugar. Então achei que o jeito era mostrar um superinteresse pelas coisas que ela estudava, ser a melhor aluna, fazer iniciação científica, qualquer coisa que mostrasse que eu queria muito aprender tudo o que ela sabia.

— E funcionou?

— Mais ou menos. Ela realmente acreditou que eu era uma ótima aluna e superinteressada. Falei do meu tio-avô, fingi que era parte dos intelectuais da família, não dos fracassados. Ela ofereceu alguns livros emprestados e eu fui buscar na casa dela. Eu pensei que era minha chance. Mas ela foi super-séria e só pegou os livros e me entregou. Na hora de sair eu criei coragem e segurei a mão dela, para dar o beijo de despedida, e dei um selinho perto da boca.

— Ela retribuiu?

— Não. Ela fingiu que não aconteceu.

— E depois?

— Depois nada. Acabou o semestre e eu perdi a coragem de continuar.

— Então não aconteceu nada.

— Não.

— Sei. Bem... preciso pensar um pouco nesse assunto.

Embora eu fosse superequilibrada, senti o comecinho de um superciúme em relação àquele superinteresse pela professora super-séria. Afinal Melissa tinha me contado detalhes da vida de oitenta namorados e casos e caras esquisitos que conheceu, por que demorou tanto para falar dessa mulher? Para piorar, resolveu falar justo quando levantei a bola da faculdade com Heloísa e Patrícia. Combinamos tudo entre adultas numa mesa civilizada de restaurante. Eu estava numa saia justa. Não poderia voltar atrás com ciúme de uma paixão platônica. Derrubaria toda aparência altruísta da minha iniciativa.

Fiquei um minuto em silêncio e decidi engolir aquela história. Se algo desse errado, era melhor que a louca fosse Melissa e não eu. Eu me manteria firme em meu motivo nobre. Era um passo importante para ela, enfrentar a inércia, fazer algo construtivo para sua vida e seu futuro. Se os próximos meses evoluíssem bem e ela finalmente se formasse, nossa relação teria uma finalidade positiva, um propósito digno, ao menos disso eu poderia me orgulhar.

Foi o que eu disse a ela:

— Obrigada por ter me contado essa história. Acho legal que você seja honesta. Ao mesmo tempo, se não aconteceu nada e mesmo assim você quis me contar, sei lá, é esquisito. O importante é você se formar, é isso que vai valer pra sua vida. Uma faculdade tem dezenas de professores. Pegue seu diploma e pronto, dane-se o resto.

— É. Você tem razão.

— Daqui a dez anos você nem vai lembrar dessa mulher. Mas se você desistir do curso por uma bobeira dessas, isso você não vai esquecer.

Melissa não disse mais nada. Concordou em silêncio, e tentamos seguir nossa noite doméstica.

No dia seguinte ela foi à secretaria do departamento verificar sua condição curricular. Faltava cumprir uns quarenta créditos, que ela poderia terminar em um semestre se distribuísse as aulas em todas as manhãs e algumas noites. Heloísa me telefonou para saber como andavam as coisas, e expliquei.

— Está ótimo. Melhor do que eu pensava — ela disse. — Ela está em casa? Posso falar com ela?

Passei o telefone a Melissa e elas conversaram por algum tempo. Falaram de cheques e parcelas e formas de pagamento. Heloísa passaria a semana no sítio em São Lourenço, mas já deixaria os cheques com Patrícia. Melissa olhou para mim e confirmou que poderia buscá-los na Escola da Fonte. Heloísa andava concentrada num trabalho de escultura em madeira, frequentando o ateliê de uma artista octogenária. A certa altura, falando de sua família, a voz de Melissa ficou mais nervosa. Quando desligou, foi para a lavanderia e ficou um tempo sozinha.

Como combinado, naquela mesma semana Melissa chegou à sala que eu dividia com Patrícia na Escola, trazendo todos os documentos organizados. Esperou na poltrona enquanto Patrícia terminava um telefonema, sorrimos uma para a outra, mas continuei em minha mesa, no meu papel de apoio discreto. Patrícia finalmente sentou diante de Melissa.

— Tudo certo? — ela perguntou.

— Eu trouxe meu histórico escolar completo e os formulários para rematrícula. — Melissa estendeu os papéis enquanto explicava. — Na última página tem a lista de disciplinas que faltam para eu me formar. E o horário que eu montei para o semestre, encaixando todos os créditos.

Patrícia olhou com atenção mediana.

—Vou levar para Heloísa. Foi ela que combinou contigo, eu só vou entregar os cheques.

— Claro, claro.

Melissa explicou os valores. A faculdade oferecera um desconto razoável para o pagamento em pré-datados do total da dívida e das mensalidades do semestre. Acompanhei os detalhes de longe, para que o compromisso ficasse entre elas. O papel de manter a casa já era suficiente para mim, e me poupava a angústia caso Melissa não completasse o curso conforme prometia.

Eram cinco da tarde. Melissa esperou até as seis e voltamos juntas para casa. No carro ela me mostrou os cheques assinados por Patrícia, da conta conjunta que tinha com Heloísa. Estava quieta e parecia feliz.

— Quando tranquei a matrícula no ano passado, não achei que voltaria tão rápido.

— Pois é. Não foi tão difícil.

— Nunca imaginei que a faculdade pudesse me deixar tão feliz.

—Você merece, pequena. Parabéns.

Eu também estava feliz. Quando eu tinha vinte e cinco anos e conheci Agnes, era tão bom sentir que ela cuidava de mim. Ela me ensinou a comer direito, numa fase em que eu almoçava e jantava sanduíches. Por causa dela voltei a fazer exercícios e me cuidei. Sem Agnes talvez eu chegasse aos trinta e cinco anos como uma sapatão barriguda que passa as noites no boteco bebendo cerveja. Mas eu estava saudável e bonita, estudei inglês e fiz uma pós-graduação em administração. Trabalhei bastante e juntei dinheiro, por influência dela. Minha vida só melhorou nos dez anos que passamos juntas. Eu podia ajudar Melissa agora.

15. Camila e as amigas

Na semana seguinte, Melissa fez a matrícula, animada e orgulhosa. Suas aulas começariam logo no início de março. Ela queria contar para as amigas e ligou para várias que eu nem sabia que existiam. Sua amiga garçonete ficou felicíssima e a convidou para fazer um bico no almoço de domingo. Era uma comemoração de bodas de 50 anos. Melissa aceitou e depois de desligar o telefone foi até o armário buscar o uniforme do serviço de buffet. Mostrou a camisa branca, vestiu o avental púrpura e se exibiu, divertida. Fiquei espantada com a rapidez com que conseguiu trabalho, mas Melissa disse que era normal. A dona do buffet era tia de sua amiga. Era um negócio razoável, cerca de quarenta festas por mês. Camila era amiga ponta firme, as duas se conheciam desde a faculdade.

Melissa saiu para o trabalho no domingo às dez da manhã. Mandou algumas mensagens antes do meio-dia e depois desapareceu até as cinco da tarde. Finalmente telefonou, ela e Camila estavam num bar com outras amigas, depois de trabalhar até as quatro.

— Vem pra cá. Você vai gostar das meninas.

— Quem são as meninas? — perguntei.

— São amigas da Camila. Está legal. Venha.

O bar ficava na Barra Funda. Era um boteco com mesas de plástico, havia seis mulheres e várias garrafas de cerveja já vazias, um resto de porção de batata frita e umas tigelinhas de amendoim.

Melissa me apresentou Camila, uma moça magra e alta, mestiça de oriental, cabelo curto, que dava a ela um ar andrógino.

— Finalmente. A famosa Luciana — ela disse para mim.

Melissa me abraçou e beijou, alegre e dengosa. Eu reconheci na mesa a mais velha do grupo, uma colega de outras épocas, que parecia ser namorada de uma das garotas.

— Olhe só — ela disse. — O mundo dá voltas.

Seu nome era Maura. Nós nos conhecíamos do bar da Cida e do Brubeck, mas perdemos contato depois que os bares fecharam e eu fui morar com Agnes.

— Como anda a vida? — Maura perguntou.

— Continuo por aí.

— Continuamos todas — ela sorriu. — Ouvi dizer que você se separou.

— Ah, é? Quem te contou?

— Lembra da Govinda, que namorava a Diana Constantino? Ela é amiga de uma colega de ioga da tua ex-mulher.

— Ah. Foi no ano passado, em novembro. Aquela história de sempre.

Eu e Maura conversamos enquanto durou o encontro no bar. Melissa ficou a maior parte do tempo falando alto e rindo com as outras garotas. Pelas roupas e entusiasmo, pareciam ser ainda mais novas que Melissa, na faixa dos vinte anos. Camila fumava, vi Melissa fumando também. Meu radar de entrelinhas captou um clima, mas deixei as providências para mais tarde. Quando voltamos para casa, perguntei se Melissa já tinha ficado com Camila alguma vez.

— Uma ou duas vezes, na faculdade. Mas nada sério, eu não sou o tipo dela e vice-versa.

— Quando a gente se conheceu, você disse que não era gay.

— Eu contei que tinha ficado com algumas garotas.

— Algumas quantas?

— Sei lá. Uns rolos.

— Por que você nunca falou delas?

— Achei que você ia ficar com ciúmes.

— Não entendo por que você contou de mil caras, do seu namorado Guilherme, e nunca falou das garotas.

— É que eu gostava dele. Eu te falei isso. Eu realmente gostava dele.

Mesmo controlando o ciúme, não gostei de conhecer Camila. Quando Melissa me contou a história da moça que trabalhava de garçonete com a tia, imaginei uma garota séria, esforçada, de família trabalhadora, mas Camila não era nada disso. Era uma jovem cheia de estilo e energia, que contava histórias fumando e ria alto, poderia estar numa propaganda de Coca-Cola. Não parecia ter sido pobre nunca, o que era óbvio talvez, a faculdade onde estudaram custava caro. Ao seu lado, Melissa parecia alegre e natural, e não gostei disso. Eu gostava de seu lado afetivo e nostálgico, frágil e dependente. Essa versão descolada talvez não precisasse tanto de mim.

Na segunda-feira almocei com Patrícia num restaurante perto da Escola da Fonte. Por causa do parentesco com Heloísa, eu não podia desabafar sobre Melissa como antes fazia sobre Agnes. Então apenas comentei do encontro com Maura, que ela também conhecia.

— Continua a mesma — eu disse. — Meio invejosa, mas tolerável.

— Você sabia que ela tentou ficar com a Bebel, depois que vocês terminaram?

— Não.

— Ela tentou, mas a Bebel não gosta desse tipo atarracado.

Fazia tempo que eu e Patrícia não trocávamos comentários sobre as rodas lésbicas. Patrícia tinha parado de beber cerveja havia muito tempo, para controlar o peso. Também passava menos tempo em São Paulo, porque Heloísa cada vez mais se dedicava às suas esculturas, no sítio em São Lourenço e na casa de praia em Ilhabela. Quando convidavam as amigas, serviam uísque e vinho.

Perguntei se Patrícia tinha notícias recentes de Bebel.

— Ela ainda está no Havaí. Não sei se volta, ela se separou da primeira mulher e está com outra. Você sabia que ela está correndo? Ela agora treina natação e corrida. A mulher atual é maratonista.

Falar de Bebel me despertava nostalgia. Saudades dela e do tempo em que eu explorava com toda energia os bares gays da cidade. Eu e Patrícia lembramos outras histórias de Bebel e Maura e das frequentadoras dessa época. Patrícia era ótima para contar vexames, assédios desajeitados e rejeições dramáticas.

— De todo modo, conversar com Maura foi a melhor opção nesse dia. As amigas da Melissa, meu Deus. Preciso controlar meu ressentimento de classe.

— Eu te falei pra tomar cuidado com essa história. Lance de pele não é amor. E toda essa armação de faculdade...

eu não sei. Não me meto nas decisões de família de Heloísa. Mas essa garota não é uma coitadinha precisando de ajuda.

— Estou começando a desconfiar disso.

Em silêncio, enquanto dirigia de volta para casa, tive um instantâneo de clareza sobre minha ingenuidade. Levada pela excitação de ajudar minha nova namorada, eu poderia prejudicar minha relação com Patrícia e Heloísa. Resolvi interferir numa história que não conhecia direito e acreditei nas boas intenções de Melissa. Mas se ela aprontasse comigo, como eu iria expulsar do apartamento a filha da prima da mulher da minha chefe? Pelos próximos seis meses eu seria fiadora das boas notas de uma garota que desperdiçou cinco anos de faculdade fumando maconha, transando a três e assediando a professora.

Nas primeiras vezes que ouvi a história da desistência de Melissa — a chegada a São Paulo aos dezessete anos, seus amores confusos, as dívidas do pai —, imaginei uma Melissa inocente, ainda meio infantil, sem experiência para lidar com os atropelos da vida adulta. Mas fazendo as contas, por que dois amores frustrados atrapalhariam cinco anos de faculdade? Cinco anos era bastante tempo para esquecer qualquer problema amoroso e voltar a estudar.

Melissa cursava uma universidade privada tradicional, mais cara que as dezenas de outras faculdades que existiam na cidade. Uma universidade que, na minha adolescência, eu nunca sequer considerei, pois havia universidades públicas e pagar para estudar seria um luxo e um desperdício. Ela teve a oportunidade e não aproveitou. Tentei me colocar acima do ressentimento, repetindo internamente que a fragilidade emocional atrapalha tanto quanto a pobreza. Apesar do esforço eu não consegui me convencer plenamente.

Cheguei ao apartamento irritada e Melissa estava no quarto. Tirava algumas roupas do armário e empilhava sobre a cama, ao lado de um embrulho com camisas novas.

— Que roupas são essas?

— Minha mãe mandou pelo correio.

— Por quê?

— Eu comentei que estava com pouca roupa e ela mandou. Vou jogar as camisetas velhas para abrir espaço no armário.

— Você não podia comprar roupas com o seu próprio dinheiro?

— Mas eu não pedi. Eu só comentei e ela mandou.

— Comentou inocentemente.

— Sim.

Depois de um instante ela percebeu minha ironia e se justificou sem muita paciência:

— Ela é minha mãe. Ela gosta de me dar presentes.

Fui para a cozinha procurar algo para beber, mas não tinha nada. Voltei até o quarto e perguntei a Melissa:

— Não tinha uma garrafa de vinho na geladeira?

— Tinha. Eu bebi.

— Porra, Melissa. Bebeu a garrafa inteira?

— Só tinha metade.

— Estava quase cheia.

— Fazia uma semana que estava na geladeira. Eu bebi um pouco ontem, um pouco anteontem, e hoje acabou.

— Acabou e dane-se, problema meu.

— Você está querendo brigar? Não estou te entendendo.

— Não, eu queria beber. Mas você acabou a bebida, então pelo jeito vou ter que brigar.

— Quer que eu saia pra comprar bebida?

— Não. Eu só queria que você me respondesse sem tanta cara de pau.

Melissa me encarou por um momento sem dizer nada.

— Tem certeza que quer discutir por causa disso?

— Vou sair para comprar uma garrafa de vinho — eu disse.

Fui de carro até o supermercado caro e aconchegante da avenida Angélica, a melhor opção numa segunda-feira naquele horário. Sentia raiva enquanto olhava as estantes da adega. Cheguei ao apartamento e abri a garrafa na cozinha, sem oferecer a Melissa. A sala estava vazia, a luz do quarto acesa. Ela apareceu depois de alguns instantes.

— Você voltou rápido.

Eu não respondi e continuei de costas para ela, olhando a janela da lavanderia. Melissa se aproximou e ficou ao meu lado, apoiada na pia. Depois de algum tempo em silêncio, estendeu a mão até minha taça. Eu deixei e ela bebeu um gole do vinho.

Eu olhei para ela ainda um instante.

— Desculpe — eu disse. — Não queria falar o que eu falei.

— Não tem problema. Pode falar.

Melissa devolveu a taça, segurou minha mão e me abraçou.

— Está tudo bem — ela disse, acariciando meu cabelo. — Está tudo bem.

Nós nos beijamos, ela colocou a taça sobre a pia, ajoelhou-se e me chupou até eu gozar. Quando terminou, quis saber se eu estava melhor.

— Eu quero cuidar de você — ela disse.

— Você não precisa cuidar de mim.

— Mas eu quero. Você cuida de mim também.

16. A melhor professora

Laura reapareceu em nossas conversas logo depois que Melissa voltou à faculdade. Ela coordenava o estágio supervisionado, uma disciplina obrigatória que Melissa precisava cumprir, com doze horas semanais na clínica experimental da faculdade. O atendimento era organizado por assistentes da pós-graduação, ela explicou, e Laura fazia uma reunião coletiva semanal. Para me acalmar, contou com certa ênfase que a professora parecia muito mais velha, desde o último ano. Deixara os cabelos brancos, tinha o ar cansado.

— Dizem que ela se separou. O marido foi morar com uma médica mais nova, que ainda está fazendo residência.

— Quem te falou?

— Uma ex-colega que agora está no mestrado.

Melissa explicou que Laura foi muito atenciosa, mostrou-se preocupada, disse ter sido uma pena ela abandonar o curso.

— Não tem outro lugar para você fazer esse estágio? Isso pode te prejudicar.

— Com o curso atrasado, o estágio na faculdade é bem mais fácil.

— Ainda acho estranho.

— Estou diferente agora, o tempo passou. Ela acha que eu tenho potencial, não foi uma cantada, ela foi maternal.

Heloísa pediu que ela parasse os bicos como garçonete, para não atrapalhar as aulas. Melissa concordou e se mostrou mais concentrada no estudo do que eu imaginara. Lia os textos das disciplinas, mantinha uma agenda com as datas das provas e entrega de trabalhos. Heloísa e Patrícia nos convidaram para almoçar no sítio de São Lourenço. Heloísa estava diferente, mais aberta, mais natural. Ela e Melissa conversaram sobre amigos da família, demonstrando uma intimidade maior do que eu supus a princípio. Falavam de nomes que eu nunca ouvira, pessoas aparentemente muito próximas de Heloísa que ela nunca mencionara na minha frente, nos jantares e festas que frequentei durante anos com Agnes. Fiz um esforço para lembrar dos convidados desses encontros, e percebi retrospectivamente que eram sempre convidados de Patrícia, suas amigas dos bares, algumas mulheres que eu encontrava desde a época de Bebel. Os amigos de Heloísa eu não conhecia. Nem seus parentes e relações de família.

Heloísa também conhecia Laura. Havia um eixo de sua família com tradição intelectual, ligados ao tio-avô de Melissa, um dos primeiros professores da faculdade de filosofia da universidade onde me formei. Eu nunca havia relacionado porque eles tinham sobrenomes simples, de origem portuguesa: Naves, Almeida, Miranda. Heloísa e Melissa falaram algum tempo desse homem chamando-o pelo prenome e demorei a identificar o nome completo, que aparecia eventualmente em resenhas de jornal. Heloísa estava contente por Laura orientar o estágio de Melissa.

— Ela é excelente. É pena que não atenda mais como analista. Era incrível com adolescentes.

Depois desse almoço, procurei na internet a página da faculdade de Melissa. Olhei a lista do corpo docente e encontrei o sobrenome de Laura, havia um retrato bem composto que ilustrava seu currículo e a lista dos livros que publicou. Uma mulher bonita, de olhos claros e feições clássicas. O site de uma editora mostrava algumas fotos mais antigas, em que ela aparecia aos quarenta anos. Era linda nessa época. Eu imaginava uma mulher convencional com cabelos descoloridos e blusas de tecido sintético. Diante de sua imagem imprevista, a paixão de Melissa me pareceu diferente, não uma projeção de suas memórias maternais mas um amor justificável pela beleza equilibrada e o olhar doce de Laura. Como Agnes, como Heloísa, ela tinha um rosto raro que não se alterou com a idade.Visualizei Melissa diante dela, aos vinte anos, segurando sua mão e tentando beijá-la na porta entreaberta. Podia imaginar aquela Laura na minha frente e senti estranhamente que, na mesma situação, eu também me apaixonaria.

Depois do reencontro com as amigas no bar, Melissa passou a receber telefonemas de Camila. Mas recusava os convites para sair, não queria beber durante a semana. Elas ficavam muito tempo ao telefone, Melissa ia para o quarto e deitava na cama enquanto conversavam. Camila contava suas confusões amorosas e Melissa palpitava, depois repetia para mim os detalhes mais engraçados.

Ela estudava em casa aos sábados e domingos pela manhã, e às vezes à tarde, embora não fosse muito eficiente no uso das horas. Interrompia as leituras para olhar a internet, fazia café, fumava, reclamava de alguns livros confusos, lia em voz alta os trechos pernósticos para mostrar como eram ruins. Mais raramente, repetia para mim suas passagens preferidas quando gostava de um autor. Algumas noites demorava a dormir, assistindo à televisão na sala, alegando que precisava de um pouco de ignorância para descansar.

Melissa mencionava Laura com frequência, quando contava notícias das aulas e de seu estágio. Fiquei incomodada imaginando Melissa nos corredores da faculdade, nas salas de atendimento, conversando com a professora encantadora durante longos intervalos.

— Se você sentir algo novamente, por favor me avise. Eu aguento qualquer coisa, mas não quero fazer papel de boba.

Melissa garantiu que não havia motivo para preocupações.

— Ela não faz referência ao que aconteceu antes? — perguntei.

— Diretamente não.

— E indiretamente?

— Ela repetiu algumas vezes como era importante eu retomar o curso. Como tinha sido triste eu desistir. Não sei se estou exagerando a minha importância, mas achei que ela se sentia responsável. Então eu disse que estava deprimida naquela época, que às vezes a gente constrói ideias estranhas quando é jovem. Ela disse: "Felizmente é possível recuperar". Foi o que falamos do assunto.

— Então vocês conversam bastante, muito mais que apenas o estágio.

— A gente conversa. As pessoas conversam. Não posso apagar o que aconteceu.

— Isso quer dizer o quê?

— Isso o quê?

— Você sabe o quê.

— Luciana, ela tem cinquenta anos. É quase a idade da minha mãe.

Esse tipo de conversa se repetiu algumas vezes, mas nos interrompemos antes que virasse uma discussão agressiva. Eu não acreditava que fosse possível retomar em termos puramente intelectuais a convivência com uma antiga paixão, mas Melissa sempre repetia que sim, era possível, e nossos argumentos emperravam porque era apenas minha palavra contra a dela.

Um dia Melissa disse cheia de cuidados:

— Vou te falar uma coisa, mas não quero que você fique brava.

Estávamos no início de abril, logo chegaria o feriado da Páscoa.

— Laura ofereceu a casa dela em Atibaia para passarmos o feriado. É uma casa linda, um condomínio na serra. Ela comprou algumas árvores e precisa transportar, mas tem um congresso e não pode ir. Então ofereceu a casa se a gente levar as plantas.

— Você está falando sério?

— Estou.

— Você conhece a casa de campo da mulher.

— Eu não conheço. Ela mostrou uma foto.

— Em vez de estudar, você olha as fotos da sua professora.

— Luciana, sem drama. É uma chance legal para a gente viajar sem gastar muito.

— Eu posso pagar uma pousada. Não preciso carregar plantas para passar o fim de semana em Atibaia.

Pensei que o assunto estava encerrado, mas Melissa continuou:

— Qual o problema em aceitar? É uma coisa legal que eu consegui. Que eu posso dividir com você.

— Você pirou? Não é possível que você realmente ache que eu ia topar isso.

— Eu não vejo qual o problema! Ela é minha professora. Ela conhece a minha família. A minha vida inteira eu passei as férias na casa emprestada de alguém. Todo mundo faz isso!

— Pois eu passei dez anos na casa da Agnes. Agora eu prefiro pagar minhas contas.

Era muito ruim sentir ciúmes. Nosso namoro, que começou tão leve e alternativo, agora se transtornava. Eu me sentia insuficiente de todas as maneiras — pouco intelectual, pouco moderna, pouco atraente. A sensação era uma armadilha, e eu sabia que precisava me controlar. Cenas de ciúme não adiantavam para nada, Melissa não demonstrava culpa, só se irritava. Repeti mentalmente para me controlar: "Fique quieta. Fique quieta. Se não consegue ignorar, pelo menos fique quieta".

Ficamos as duas um tempo emburradas, em silêncio. Eu estava chata, desconfiada, nem eu mesma me aguentava. Em menos de três meses com Melissa, brigamos mais que em muitos anos com Agnes.

Eu ganhava cerca de três mil reais por mês. O condomínio e o financiamento do apartamento não custavam nem metade disso. Eu podia pagar uma viagem de feriado, deveria ter pensado antes, namoradas gostam de viajar. Quantas viagens eu fiz com Agnes? Devia ter imaginado que Melissa quisesse viajar também.

Finalmente fui até Melissa. Ela descascava uma tangerina na cozinha, ainda irritada.

— Desculpe — eu disse. — Você quer viajar? Podemos passar uns dias na praia. Vai ser gostoso.

— Não quero gastar seu dinheiro.

— Não tem problema. Você tem razão. Vamos passear um pouco.

Melissa respondeu que não precisava. Poderíamos ficar em São Paulo mesmo, ela perdera a vontade de sair. Eu a levei para jantar num restaurante bonito e aguentei sua cara fechada por alguns dias. Jurei para mim mesma que nunca mais repetiria essa cena. Que seria moderna e divertida e mostraria a Melissa só meu lado bom.

17. Espelho no teto

Nas semanas seguintes saímos bastante para beber. Decidi gastar mais e não controlar as contas noturnas. Estimulava Melissa a pedir coisas diferentes, experimentamos cervejas importadas, margaritas e mojitos, conforme o cardápio de cada bar. Íamos aos lugares gays na Augusta onde podíamos nos beijar sem garçons reclamando. Um dos bares tinha uma área para fumantes no jardim interno, onde podíamos nos agarrar bastante intimamente. Chegávamos em casa bêbadas e dormíamos. Na manhã seguinte eu saía para o trabalho, Melissa para a aula, no fim da tarde eu a buscava na faculdade e voltávamos para algum boteco. Às vezes Camila ou outra amiga apareciam, às vezes ficávamos as duas, namorando e comentando sobre as pessoas que passavam na rua.

Nas mesas de bar, entre bebidas e fofocas, Melissa contou novas histórias de sua carreira lésbica, que afinal se revelou bem longa e variada. Paixonites na adolescência, algumas surubinhas de maconha, beijos e peito de fora entre amigas em Santa Bárbara. Disse para Camila como nos conhecemos, entre risadas animadas:

— Eu banquei a difícil. Tipo "não sou lésbica, só curiosa"!

— Bem, tecnicamente você não era. Mas agora sim, você está em "estado lésbico"! — Camila comentou.

— É isso mesmo! Quero minha carteirinha!

— Mas tem que pagar a mensalidade!

— Com certeza!

Camila e Melissa se empolgavam com essas conversas, assim como eu em outras épocas, horas e horas de militância e piadas temáticas nas mesas de bar. Elas falavam e eu ouvia, sorria, soltava algumas frases. Camila se divertia, achava que eu era irônica. Às vezes ser direta e dizer o óbvio tem esse efeito.

— Qual a mulher mais linda com quem você já ficou? — as duas me perguntavam.

— Eu já não contei isso?

Camila tinha algumas informações históricas:

— Maura disse que você namorou a Giulia Bessa um tempo atrás!

— Quem é Giulia Bessa? — Melissa quis saber.

— Giulia Bessa, você não lembra? Ela fez uma novela de vampiros. Sei lá, acho que foi em 89!

— Nossa, eu lembro! Eu tinha nove anos!

As duas ficaram empolgadíssimas para ouvir a história e eu contei. Giulia Bessa era uma atriz de teatro experimental que fez essa novela de vampiros. Sua carreira na TV não avançou, mas ela fazia sucesso nas rodas lésbicas nos anos 1990. Tinha casos curtos com algumas garotas e terminava repentinamente sem dar motivos, deixando corações quebrados. Paralelamente mantinha relações tumultuadas com alguns figurões mais velhos — um político, na época progressista, que foi duas vezes candidato a prefeito, e o chefe editorial de uma revista de grande circulação nacional. Eu a conheci depois de Bebel, aos vinte e quatro anos, no auge da minha fase solteira. O bar da Cida bombava e eu conhecia todo mundo. Ficamos várias vezes, mas não embarquei na viagem. Uma graça de mulher, corpo mignon, cabelo preto e franja Cleópatra, mas a cabeça escangalhada.

Num fim de semana, enquanto bebíamos em casa durante a tarde, contei para Melissa dos acessórios que usava com Agnes. Ela ficou curiosíssima e ligou o computador para ver o site onde vendiam as cintas e as próteses. Eu expliquei sobre os modelos, quais já tinha experimentado, as texturas e sensações. Ela ficou abismada:

— Por que você não me contou antes? Eu sempre quis experimentar!

A encomenda chegou quando eu estava trabalhando. Ao entrar no apartamento vi a caixa aberta sobre a mesa, e Melissa orgulhosa, com um sorriso provocativo:

— Eu tenho um pinto agora — ela disse.

— Quero ver como ficou.

Ela tirou toda a roupa e vestiu a cinta com a prótese. Olhou para mim orgulhosa, segurando seu pinto de borracha.

— Posso te comer como eu quiser? — ela perguntou.

Eu concordei.

— Você faz cara de mulherzinha pra mim?

— Tá bom — eu falei.

Começamos a nos beijar na sala, sem beber, mas o clima não esquentou. Saímos para a rua e Melissa levou a prótese escondida na mochila. Num certo momento ela foi ao banheiro e voltou para a mesa fazendo charme. Puxou minha mão e me fez acariciar o volume da prótese debaixo da calça. Já bêbadas, entramos juntas no banheiro, ela me encostou na parede e ficou me encoxando. Pagamos um quarto num dos pequenos hotéis para prostitutas que havia no quarteirão. Tinha espelho no teto e transamos de quatro até o horário acabar, trocando de posição, olhando no espelho enquanto uma comia a outra.

As contas de bebida ficavam altas, eu pagava quase tudo, mas Melissa às vezes tinha algum dinheiro que a mãe mandava. As despesas apareciam de quando em quando em nossas conversas.

— Tenho vergonha de não ajudar mais.

— Não se preocupe com isso agora — eu respondia.

— Quando eu puder trabalhar de novo, te levo pra jantar em Buenos Aires — ela disse sorrindo.

Eu não gostava de lamúrias crônicas quando não havia solução imediata. Nós duas sabíamos das circunstâncias, era o possível.

Melissa se relacionava com os pais em frequência incerta. Às vezes falava com a mãe em longos telefonemas por quase duas horas, depois passava semanas sem ligar. O pai vinha a São Paulo ocasionalmente durante a semana, por motivos profissionais. Os dois se encontravam para almoço ou café, mas ele voltava para Santa Bárbara no mesmo dia. Quando morreu um tio Walter, marido de uma tia Solange, pai e mãe vieram para o velório e o enterro. Melissa os acompanhou, mas não me convidou para ir junto. "É uma chatice", ela justificou. Tia Solange era a única irmã do pai de Melissa. Tinha dois filhos casados e dois netos de um deles.

O semestre passou rápido, com a casa bagunçada na maior parte do tempo e uma faxineira, vizinha dos meus pais, que aparecia quando queria. No fim de maio começou a esfriar, e entrava um feixe de luz diferente pela janela de manhã. Melissa comentava menos sobre os livros e o estágio. Havia textos e cadernos espalhados pela sala, no banheiro e no quarto.

Durante esse tempo almoçamos algumas vezes com Patrícia e Heloísa no sítio de São Lourenço. Heloísa queria saber notícias da faculdade, fazia um acompanhamento familiar mais frequente que a mãe de Melissa. Bebíamos menos quando estávamos com elas, Melissa não queria ficar bêbada nem falar besteira. Mas Heloísa decidiu reformar a casa de Ilhabela, começou a descer frequentemente ao litoral e nossos almoços acabaram.

Finalmente, em junho, Melissa teria as últimas provas do semestre. Tivemos um último sábado de bebedeira e frituras nos botecos da Augusta. No domingo Melissa amanheceu vomitando, acordei com o barulho da descarga, ela no banheiro engasgando em seco. Me assustei ao vê-la doente pela primeira vez. Trouxe da farmácia todos os remédios que conhecia para o estômago. Depois de melhorar um pouco, ela sugeriu que ficássemos algum tempo sem beber.

— Faltam três provas, o resto são trabalhos. Se eu entregar tudo, daqui a dez dias acabou.

Melissa estava subitamente consciente do aniversário que se aproximava. Ela faria vinte e cinco anos em julho. Achava-se velha para ser recém-formada, quase sem experiência.

— O que eu vou fazer com esse diploma?

— Não pensa nisso agora. Se concentra nas provas. Depois a gente pensa no resto.

Concordamos em fazer uma pausa, passar as noites em casa, acordar cedo no sábado e no domingo para ela estudar.

Eu me comprometi a fazer supermercado, comprar frutas e coisas saudáveis. Melissa ficou aliviada.

— Minhas notas estão razoáveis — ela falou. — Na verdade, fazer faculdade não é tão difícil.

Fui para a cozinha preparar um chá de erva cidreira. Quando voltei com as xícaras, ela disse:

— Eu tive um sonho esta noite. Sonhei que estava grávida e você me dizia: "Não sou homem, mas quero ser o pai do teu filho".

Nós nunca tínhamos conversado seriamente sobre filhos. Falamos teoricamente algumas vezes, mas ela nunca tinha manifestado um desejo pessoal.

Agora ela perguntou diretamente:

— Se eu quiser engravidar, você gostaria de ter filhos comigo?

Ela estava doente, eu meio culpada, naquele momento eu diria tudo para agradá-la:

— Claro, Melissa. Eu adoraria.

Desde que nos conhecemos, eu tinha me separado, mudado de apartamento, transado até ficar dolorida. Bebi muito, fumei maconha, ouvi discos esquisitos, fui penetrada em vários orifícios por um pênis de borracha, gastei dinheiro para sustentar nossas noitadas, e ainda por cima tinha ajudado Melissa a se formar. Se ela terminasse a faculdade, tudo o que fizemos seria inocentado e nós seguiríamos em frente. Era assim que se formava uma família? Por que não?

18. O universo é cheio de amor

Os exames acabaram e Melissa ficou alguns dias sem ir à faculdade esperando as notas. Arrumou os papéis espalhados pelo apartamento, organizou os livros, ligou para a mãe e ficou muito tempo ao telefone. Saíram as primeiras notas e ela começou a fazer planos para quando recebesse o diploma.

— Finalmente está acabando. Em oito disciplinas, já passei.

— Você contou para Heloísa?

— Vou ligar quando tiver todos os resultados.

O assunto de filhos não reaparecera, mas eu estava consciente da minha promessa. Sentia-me comprometida, disposta a encarar qualquer responsabilidade junto a Melissa.

Não bebemos mais naqueles dias e tudo parecia bem. Talvez calmo demais, mas aconchegante e carinhoso. Passamos algumas noites assistindo à TV e comentei com ela sobre minha adolescência, as novelas a que assistia, minha paixão por Renée de Vielmond. Ela só lembrava da atriz mais velha. Garanti que em 1981 era a mulher mais linda do país.

— Não pareço nem um pouco com ela — Melissa disse.

— E daí?

— Eu queria que você me achasse a mulher mais linda do país.

— Você tem outro efeito sobre mim.

— Qual?

— Você acredita em desejo puro? — perguntei. — Quando alguém te afeta fisicamente, sem falar nada, um efeito físico direto?

— Eu sou assim pra você?

— É.

— Uau — ela disse. — É melhor que parecer a Renée de Vielmond.

O aniversário de Melissa seria no dia 6 de julho. Uma semana antes, numa segunda-feira, ela me telefonou. Eu estava na Escola da Fonte terminando as últimas coisas, eram seis da tarde. Atendi o celular e ela disse:

— Preciso ir pra faculdade agora. Eles me ligaram. Talvez demore um pouco.

— Aconteceu alguma coisa? Problema de notas?

— É outro assunto. Depois te explico. Não fique preocupada se eu demorar.

Cheguei em casa, tomei banho, Melissa não chegou. Eram quase nove quando telefonou para meu celular. A ligação caiu. Tentei ligar de volta, mas não completou.

Fui para o quarto às onze e meia e Melissa não havia nem chegado nem enviado sequer uma mensagem. Li por algum tempo e tentei ligar novamente, duas ou três vezes. Estava preocupada, não conseguia dormir sem saber notícias. Logo depois da meia-noite acordei com o barulho do celular. Eu havia adormecido com o livro na mão, sem perceber. Meu telefone tinha um recado de voz, era Melissa dizendo para eu não me preocupar, pois ela estava na casa da tia Solange. Achei estranho, mas era tarde demais para contestar. Pelo menos ela está viva, pensei, e tentei dormir.

Quando cheguei à Escola da Fonte, às nove horas da manhã seguinte, recebi outra mensagem: "Quero muito falar com você. Posso te encontrar no almoço?".

Marcamos ao meio-dia. A hora chegou e Melissa não veio. Almocei sozinha no restaurante por quilo. Quando sentei novamente para trabalhar, às duas da tarde, o telefone do escritório tocou.

— Desculpa, eu me atrasei — era a voz afobada de Melissa. — Aconteceu uma confusão, eu perdi minha carteira ou roubaram, estou no Largo de Pinheiros e não tenho nenhum dinheiro, acho que eu vou na delegacia, eu não sei o que aconteceu.

— Você está ligando de onde?

— Do Largo de Pinheiros.

— De um orelhão?

— Ainda estou com o celular. Estava no bolso.

— Você quer que eu vá te buscar?

— Não, deixa — ela respondeu. — Eu pego um ônibus e desço pela frente. Te encontro aí na Escola.

Trabalhei até as seis horas da tarde e Melissa não chegou. A essa altura eu já nem sabia o que pensar. Teria acontecido algo grave? Se fosse problema de família, Patrícia saberia, teria comentado. Ainda tentei ligar duas vezes, seu celular não respondia. Depois, no começo da noite, ela mandou várias mensagens seguidas, com poucos segundos de intervalo:

"Tá tudo certo. Desculpe te preocupar."

"Eu sou confusa mas o universo me ajuda. Desculpa mesmo. Te amo."

"Desculpa dizer tantas desculpas."

"Te amo muito. Antes não percebia. Agora percebo."

"A vida é linda. Nós vamos ser muito felizes."

"O universo é cheio de amor."

Não tentei ligar depois dessas mensagens. Desde que se mudou para o meu apartamento, era a primeira vez que Melissa dormia fora sem um motivo claro. Não houve briga, estávamos em paz, fiz a ela os elogios mais sinceros da minha vida. Seria uma ironia cósmica se me sacaneasse justo agora, e de repente isso me pareceu muito provável. Declarações súbitas de amor são mau sinal. Eu evitava fantasias paranoicas, mas tinha um circo de pulgas atrás da orelha.

Melissa não dormiu em casa naquela noite e, no dia seguinte, não deu nenhuma notícia. Eu não queria alarmar Patrícia. Alguma intuição me dizia que ela não estava em perigo real. Talvez estivesse com Camila. Talvez algum de seus casos antigos tivesse reaparecido. Talvez tivessem descoberto na faculdade sua história com Laura. O caso antigo ou uma recaída recente, que eu ignorava? Algo estava errado e eu queria ouvir dela pessoalmente, não por telefone. Ainda assim quis garantir que não havia nenhum risco de vida, nada que demandasse minha responsabilidade adulta. Enviei uma mensagem, dizendo: "Estou preocupada. Você está viva?". Algum tempo depois ela respondeu: "Sim. Desculpe. Depois te explico".

Quando voltei do trabalho, Melissa estava no apartamento, sentada no sofá da sala com a TV desligada. Ao me ver, ela pareceu preocupada e ao mesmo tempo cansada. Disse olhando para algum lugar perdido:

— Desculpe ter sumido — fez uma pausa. — Eu quase consegui um emprego.

— Que emprego?

Melissa demorou um instante para responder:

— A Laura falou que precisava de uma assistente. Ela perguntou se eu queria. Mas não deu certo. Não precisa se preocupar.

Fiquei muda. Eu tinha muitas perguntas, raiva acumulada, uma sensação de injustiça. Como assim ela sumia dois dias e não explicava nada? Algo em sua atitude não encaixava com nenhuma história que eu pudesse imaginar. Ela não parecia culpada, nem preparada para mentir, apenas apática. Sem saber como reagir, eu disse que precisava trocar de roupa e depois poderíamos conversar. Fui para o quarto, lavei o rosto. Devo ter demorado alguns minutos e nesse tempo ela não saiu do lugar.

Quando voltei para a sala, Melissa estava ainda deitada no sofá, encolhida. Perguntei se havia algum outro problema.

— Não é nada — ela respondeu.

E completou, aparentemente com muito esforço:

— Desculpe a confusão dos últimos dias.

Era muito estranha aquela cena toda. Decidi iniciar uma conversa simples, apenas o básico da convivência. Perguntei se ela tinha jantado. Se estava com fome. Se queria comer alguma coisa. Ela ficou imóvel, olhando para mim, sem dizer nada.

— Você está bem?

— Não é nada — ela disse.

— Vou pegar alguma coisa para comer, então. Você não quer nada mesmo?

— Não.

Fui até a cozinha preparar um sanduíche, e quando voltei, trazendo o pratinho e um copo de leite, Melissa estava mais encolhida ainda, com o rosto afundado entre as pernas. Quando se virou para mim, fiquei impressionada com seu olhar abatido.

— Eu não estou muito bem.

Perguntei se sentia dor, se identificava algum sintoma, mas ela se levantou devagar e foi para o quarto, dizendo que queria descansar. Fui atrás e toquei sua testa, mas ela não tinha febre. Ela fechou os olhos e fiquei insegura. Sem febre e nenhuma dor aparente, o que poderia ser? Um vírus, uma inflamação generalizada, um aneurisma? Tentei lembrar de todas as doenças que conhecia. Ela teria batido a cabeça, tinha um coágulo no cérebro? Por um instante tive medo que morresse no meu quarto. Medi sua temperatura, seu pulso, tentei controlar meu impulso catastrófico. Voltei para a sala e comi meu sanduíche, depois arrumei as coisas e deitei ao lado dela. Ela dormia, e dormi também.

No meio da noite, acordei com o barulho da televisão ligada. O som alto, ruídos de carros e tiros. Levantei e encontrei Melissa de olhos abertos no escuro, deitada e imóvel. Na TV passava algum seriado policial, mas ela não prestava atenção.

— Melissa...

Ela não respondeu.

— Desliga isso, é tarde.

Ela moveu o rosto lentamente em minha direção e me olhou sem expressão.

— Aconteceu alguma coisa?

Continuou na mesma posição. Sentei ao seu lado, toquei seu braço. Perguntei se queria água, ela não reagiu. Abraçou as pernas e deitou ainda mais encolhida.

— Conversa comigo, Luciana. Não quero ficar sozinha.

Sua voz era clara mas sem energia. O rosto inexpressivo, anestesiado. Entendi que era algo psicológico quando puxei seu braço e ela se prendeu ao sofá, com força, recusando-se a levantar. Segurei seu tronco com meus dois braços.

— Levanta, Melissa. Eu não vou deixar você aqui.

Ela se deixou conduzir com os passos pesados, como se estivesse drogada.

— Você tomou alguma coisa? — perguntei.

Ela balançou a cabeça indicando que não. No quarto, ficou estendida na cama, na posição em que a coloquei, os olhos ainda parados em nada.

— Deita e vamos dormir. Amanhã vou procurar um médico.

— Eu tentei beijar a Laura — ela disse e fez uma pausa. — No jantar com os professores. Tinha uísque e eu bebi demais.

— Você está falando sério?

— É verdade.

Melissa fechou os olhos e sua respiração ficou pesada de sono. Olhei o despertador, eram quatro horas da manhã. Eu não sabia se aquilo era uma cena ou uma piração muito grave. Fiquei na sala assistindo à televisão, mas não conseguia prestar atenção. Esperava apenas amanhecer o dia para acordar Melissa e levá-la para um médico, e talvez deixá-la por lá, pois aquilo tudo já passava do limite.

19. Plano de saúde

Todo ciúme que eu tentara controlar reapareceu com força. Tentou beijar Laura? Bebeu uísque num jantar com professores? Reli todas as mensagens dos últimos dias, tentando montar um cronograma do que ela teria feito.

Na segunda-feira, às cinco da tarde, ela telefonou dizendo que iria à faculdade. Sumiu por algumas horas. Depois disse que estava na tia Solange. Na terça de manhã, mensagem dizendo que queria almoçar comigo. Não apareceu. Na quarta-feira não mandou notícia nenhuma e naquela tarde reapareceu deprimida no apartamento.

Se ela "quase conseguiu um emprego" com Laura, teria sido na segunda-feira, na faculdade? Mas por que não dormiu em casa naquela noite? Saiu com Laura? Ou saiu com Camila para reclamar das minhas cenas de ciúme? O que ela queria me dizer na terça-feira de manhã? Talvez o emprego. Talvez confessar que tinha passado a noite transando com a professora.

O exercício de detetive era tortura e desisti. Não importava o que ela tinha feito. Não era coisa boa. Nesses casos é melhor saber menos e se proteger.

Quase não dormi naquela noite. Quando amanheceu tentei acordar Melissa, mas ela mal se mexeu. Olhou para mim sem expressão e fechou os olhos novamente. Suas roupas estavam espalhadas pelo quarto: uma calça jeans, meias usadas, um sutiã. Quando recolhi, seu telefone celular caiu no chão, escapando do bolso da calça. Resisti à tentação de olhar as mensagens. A bateria estava acabando. Procurei o carregador pelo apartamento e deixei o aparelho carregando no criado-mudo ao lado da cama. Segui para o trabalho controlando a raiva e maquinando o que poderia fazer. O dia estava claro e sem brilho. No portão da Escola, à minha volta, entravam vagarosamente adolescentes no fim do intervalo. Eu precisava resolver alguns pagamentos pendentes e decidir o que fazer com essa doença misteriosa que aparecia no momento em que eu tinha todos os motivos para mandar Melissa embora para sempre.

Era quinta-feira, dia em que Patrícia chegava tarde por causa da terapia. Esperei ansiosa e, quando ela chegou, contei tudo o que havia acontecido.

— Dá pra repetir? Não entendi nada.

— Não importa. Ela sumiu dois dias e agora está jogada na cama e não quer se mexer.

— E o lance da Laura?

— Não sei de nada. Ela não quer falar.

— Mas ela está doente ou está fingindo?

— Eu não sou médica, Patrícia.

— Heloísa vai fazer escândalo, com você e comigo, se acontecer alguma coisa.

Heloísa tinha saído para Ilhabela de manhã, e não conseguimos falar com ela pelo telefone. Patrícia conhecia uma psiquiatra muito boa, mas estava viajando por causa de um congresso. Decidimos marcar com o médico que eu mesma consultara alguns anos antes. Escrevi uma mensagem de texto e ele respondeu cerca de duas horas depois, oferecendo um horário na manhã do dia seguinte. Enquanto isso adiantei o que era mais urgente da Escola. Finalmente, contra a vontade, avisei Patrícia:

— Vou voltar pra casa.

— Melhor. Não precisa paparicar. Só mantenha a situação sob controle.

Melissa continuava na cama quando cheguei. Olhou para mim e permaneceu deitada de lado, os braços fechados, sem dizer nada. Seu telefone celular continuava no criado-mudo, na mesma posição que deixei. Peguei o aparelho e vi a notificação de cinco mensagens novas. Ela estava ali, à minha frente, de olhos abertos.

— Tem umas mensagens — eu disse. — Quer olhar?

Ela não respondeu.

— Vou olhar pra ver se é importante — continuei. — Tudo bem?

Ela continuou quieta e decidi ler apenas as mensagens recentes, para garantir que não houvesse nenhum contato não respondido de sua mãe ou pai subitamente preocupados (a relação deles era tão incerta que tudo poderia acontecer). Antes de começar a vasculhar, prometi a mim mesma que não iria tão longe a ponto de encontrar algo que me machucasse. Eu preferia não saber se a história fosse pior do que ela havia contado. Mas foi impossível manter esse limite. Fui lendo tudo, uma mensagem depois da outra, dezenas delas, quase uma centena. Havia muitas risadinhas e exclamações de Camila e outros amigos com apelidos que eu desconhecia. Pareciam conversinhas soltas de uma festa, nada me chamou a atenção. De Laura não havia nenhum contato. Isso me aliviou um pouco, mas não muito, pois Melissa poderia ter apagado as pistas mais denunciadoras.

Num impulso de virtude, interrompi minha paranoia para algo mais útil e solidário. Talvez ela tivesse, entre seus contatos, algum número de psicólogo ou psiquiatra. Olhei com cuidado, procurei também entre suas coisas alguma agenda de endereços, mas não achei nada além do telefone de seus pais. Um número no interior, gravado como "mãe". Mas não me senti confortável para ligar. Pedi que tomasse um banho, forcei para que se levantasse. Coloquei-a debaixo do chuveiro e depois de um tempo a água continuava ligada, mas eu não ouvia sinal de movimento humano. Voltei ao banheiro e a encontrei parada sob a água.

— Você se lavou?

Ela não respondeu. Desliguei a torneira e mandei ela sair do boxe. Entreguei a toalha e esperei ela se enxugar. Ela não quis comer, insisti até tomar um copo de leite e escovar os dentes, ela aceitava as ordens com reação lenta. Finalmente deitou na cama e fechou os olhos. Arrumei o sofá para dormir na sala e assisti a três filmes na televisão antes de conseguir pegar no sono.

De manhã, para ir ao psiquiatra, novamente precisei forçar os passos de Melissa. Apoiada em meu braço, ela caminhava com extrema lentidão. Na sala de espera ficou sentada com a cabeça parcialmente caída. Entrou sozinha na sala de consulta, e depois de quinze minutos o médico abriu a porta e me chamou. Pediu que eu completasse algumas informações, pois ela quase não falava. Eu não conhecia a natureza exata dos problemas que tivera antes. Resumi os meses anteriores. No início do ano, quando começamos a conviver, ela estava desanimada, mas não parecia doente. Depois mostrou energia, estudou concentrada por alguns meses. Falei também da bebida. Mas tudo parecia normal, eu disse, "até que, de um dia para o outro, ela apagou". O médico aproximou a caneta do bloco de notas e perguntou se ela conhecia alguns remédios. Efexor, ela negou. Lamotrigina sim, Depakote também, Rivotril, Frontal, Seroquel, sim. Depois da lista inicial, Melissa falou um pouco. Disse quanto tempo tomou cada comprimido, em que período, quais permaneceram e quais foram temporários.

O médico perguntou se no momento eu era a responsável por ela. Explicou que Melissa parecia não ter uma depressão simples. Pelo histórico dos remédios era provável que tivesse algum grau de transtorno bipolar, embora ele ainda não tivesse elementos para avaliar com certeza. Era importante entrar em contato com seu médico anterior, para saber o que acontecera nos episódios passados. Ele perguntou se eu conhecia o transtorno ou alguém com esse problema. Não, respondi, não conheço. Ele me confortou, afirmando que o tratamento era seguro, com boas chances de recuperação, se Melissa seguisse as orientações e estivesse disposta a melhorar. Ele receitaria um remédio para estabilizar seu sono, e um antidepressivo que faria efeito em quinze dias. Saímos do consultório com receitas para os remédios, uma folha resumindo a progressão da dosagem para sete dias, e o retorno marcado para a semana seguinte. Era uma combinação temporária até que ela se estabilizasse.

Logo depois da consulta, recebi um telefonema de Heloísa, que tinha finalmente sido avisada. Estava muito preocupada e voltaria imediatamente para São Paulo. Recomendou que eu ficasse com Melissa enquanto ela não melhorasse. Patrícia iria enviar os papéis mais urgentes do trabalho para eu resolver em casa.

Comprei os remédios, não foi barato.

Em casa li as bulas e procurei na internet informações sobre transtorno bipolar. Encontrei definições diferentes. Além da depressão, a pessoa apresentava períodos de "excitação passageira além do habitual" ou "elevação ligeira mas persistente do humor", como também um "aumento da sociabilidade, do desejo de falar, da familiaridade e da energia sexual". Era esclarecedor mas um pouco irritante encontrar referências a energia sexual numa lista de sintomas médicos. Reli as mensagens inflamadas de Melissa. "A vida é linda. Nós vamos ser muito felizes." Imaginei se a concentração extrema nos estudos, enquanto terminava a faculdade, seria um primeiro sintoma que não reconheci. "Um sentimento intenso de bem-estar e de eficiência física e psíquica."

O mês de julho era um período de organização na escola. O entregador chegou trazendo os papéis enviados por Patrícia: recibos de férias dos professores, adiantamento do décimo terceiro salário, materiais e custos das obras de manutenção no período. Havia muito trabalho e eu não gostava da ideia de ficar em casa. Também era duvidoso que continuar no meu apartamento fosse a melhor opção para Melissa. Perguntei se ela queria ir para a casa de seus pais durante a semana, eu a buscaria no domingo para a próxima consulta com o médico. Mas ela não quis. Eu não tinha certeza se deveria levar em conta sua opinião nesse estado.

Heloísa e Patrícia vieram ao apartamento naquela noite. Melissa saiu do quarto para cumprimentá-las, mas voltou logo para a cama. Ficamos as três na sala, perguntei se queriam café, abri uma cerveja para mim. Heloísa chegava direto da estrada, ainda não havia telefonado para os pais de Melissa. Achou melhor checar pessoalmente antes de preocupá-los. Eu descrevi como pude os acontecimentos, falei a contragosto das notícias mal explicadas sobre Laura, o possível emprego frustrado e uma tentativa de beijo.

— Mas isso não é nada — Heloísa disse. — Não é suficiente para ela ficar deprimida.

— Pelo que consegui deduzir, isso fez ela perder um emprego. Laura tinha oferecido um trabalho, depois voltou atrás.

— Ela está usando alguma droga?

— Acho que não. Quando nos conhecemos ela fumava maconha com certa frequência, mas ultimamente a gente bebia cerveja, nunca vi um baseado na casa.

Não falamos nada sobre a traição em relação a mim. Patrícia parecia mal-humorada e Heloísa preocupadíssima com a saúde de Melissa. Patrícia me perguntou sobre o pagamento da consulta e dos remédios.

— Precisamos te reembolsar isso tudo.

Heloísa disse que faria um cheque, mas Patrícia interrompeu:

— É melhor falar com a mãe dela. Você não pode pagar tudo. Ela não é sua filha.

Heloísa ficou sem jeito, começou a dizer algo mas desistiu. Telefonou para Santa Bárbara e, depois de palavras de carinho e perguntas sobre uma possível visita a São Paulo, explicou:

— Melissa teve um problema de saúde. Parece uma crise de depressão. Ela não está bem.

Algumas frases seguiram entre pausas:

— Ela foi ao médico aqui.

— Foi urgente, não dava para esperar.

Conversaram ainda um tempo sobre o estado geral de Melissa. Para confirmar os detalhes, Heloísa me perguntava antes de repassar as informações. Finalmente ela disse:

— Vou passar o telefone a Luciana. Ela está cuidando de Melissa e vai explicar melhor.

Heloísa me passou o telefone, mas não tinha ninguém na linha.

— Carolina foi chamar o marido — disse.

Depois de alguns instantes, ouvi a voz masculina. Eu me apresentei resumidamente, repeti o que Heloísa havia dito, mas ele queria outros detalhes da crise e do diagnóstico do médico. Disse que poderia vir buscar Melissa.

— Eu já me ofereci para levar. Ela está abatida e não quer.

O pai pediu para falar com ela. Heloísa foi chamá-la, do quarto ouvimos sua voz insistindo, primeiro delicadamente, depois com firmeza. Enquanto isso, ao telefone, eu e o pai ficamos em silêncio. Melissa veio finalmente, sem ânimo, e permaneceu em pé enquanto o ouvia. Enfim respondeu:

— Eu prefiro ficar aqui, pai. É melhor para mim.

Ela voltou para o quarto, Heloísa pegou o telefone e confirmou que era seguro ela ficar, estaria bem na minha casa, "entre amigas". Introduziu a questão das consultas e remédios e, depois de alguma conversa sobre apoio e responsabilidade, o pai concordou em pagar os custos se eu enviasse as notas escaneadas. Quanto ao médico, o antigo psiquiatra que conhecia melhor o caso, ele pediu um instante para procurar na agenda e logo passou o número do telefone. Além disso, ele pagava um plano de saúde para Melissa, caso fossem necessários outros exames. Ele enviaria a carteira pelo correio. Eu tinha guardado o recibo dos remédios já comprados. Heloísa me perguntou o valor, repetiu a informação ao pai. Através de Heloísa, passei o número de minha conta bancária.

Os pais não lembraram que o aniversário de Melissa seria na próxima segunda-feira. Faltavam três dias.

Quando a segunda-feira chegou, acho que só eu lembrei que ela completava vinte e cinco anos.

20. Educação privada

Nos primeiros dias em que Melissa esteve deprimida, parecia que o apartamento era uma extensão do meu emprego. Eu precisava vigiar sua saúde, mesmo desconfiada, mesmo traída, porque Heloísa estava preocupada e ela era esposa de Patrícia. Eu obedecia à minha chefe, e a chefe obedecia à esposa. Eu não entendia por que Melissa queria ficar comigo naquelas condições. Eu estava mal-humorada e não demonstrava nenhum carinho, além do cuidado básico com sua alimentação e seus remédios.

Como estava amarrada naquela situação, decidi não contestar e segui uma rotina quieta. Ia para o trabalho, voltava para casa, passava a noite na sala assistindo à televisão. Fiquei com raiva do enorme e horroroso quadro de veludo preto que Melissa colocara na parede. Na mesma parede que a TV, aquela sinistra cabana à beira do lago me parecia um casebre de bruxa, a perversa feiticeira Melissa preparando seu veneno num caldeirão com sangue de cobra e olho de sapo. Tirei o quadro da parede e fui até o corredor, no meio da noite, disposta a estraçalhar tudo e jogar no lixo da garagem. Mas lembrei de Heloísa e controlei o barraco.

Eu não iria gerar nenhuma história que pudesse se voltar contra mim.

Guardei o quadro na área de serviço. Instalei no quarto o antigo aparelho de TV de Melissa, para que ela pudesse assistir na cama e ficar longe de mim. Ela ficava deitada por horas, via os telejornais de todas as emissoras, um depois do outro, repetindo as mesmas notícias. Às vezes ela levantava e vinha perto de mim no sofá. Eu ia para o quarto. Eu passava a noite no cômodo em que ela não estava.

Encaminhei a troca de psiquiatras, marquei horário com o antigo médico de Melissa. Era um senhor com quase setenta anos, muito cuidadoso, de tom paternal. Ele também me convidou para acompanhar a consulta, leu as anotações do tratamento de alguns anos antes, fez muitas perguntas sobre os acontecimentos recentes, família, estudos, ex-namorado. Primeiro falava de Guilherme como se fosse algo recente, mas quando percebeu minha relação com Melissa precisou se reorganizar. Concentrou-se então nos motivos de sua tristeza, como ela entendia a recaída. Ele foi a pessoa que mais demonstrou consternação por mim. Percebeu a injustiça e comentou, admirado com meu desprendimento:

— Você está sendo muito generosa em cuidar dela. Às vezes nem os parentes cuidam. Você não é da família e não tem nenhuma obrigação.

Eu fiquei internamente agradecida, mas não prolonguei a conversa. Perguntei sobre o diagnóstico específico, mas ele foi evasivo: "É mais importante o tratamento que a terminologia. Alguns fatores emocionais podem produzir sintomas clínicos. Ela precisa acreditar que vai melhorar".

Quanto aos remédios, ele fez poucas alterações. Apenas ressaltou a importância de Melissa tomar os comprimidos na ordem e nos horários certos, principalmente durante o primeiro mês do tratamento, para se fortalecer o mais rápido possível. Depois seguiria com o remédio específico de estabilização.

Melissa comentou:

— Eu não deveria ter parado da primeira vez, não é? Pensei que podia me cuidar sozinha, mas não era verdade.

— Não se cobre demais. O importante é que você voltou. Tome os remédios e volte a fazer terapia. É isso que vai te ajudar.

Assim que Melissa melhorou um pouco, pedi que ela me contasse melhor o que havia acontecido com Laura.

— Foi só aquilo que já falei.

— Você não disse quase nada.

— Não tem mais nada pra dizer. Ela me mandou um e-mail sobre uma chance de trabalho. Eu fui pra faculdade pra conversar com ela. Uns professores apareceram e fomos jantar num restaurante ali perto. Eles tinham uma garrafa de uísque no nome deles, iam me servindo e não percebi que subiu demais. Laura viu que eu estava bêbada e me ofereceu carona. No carro eu fiquei passando a mão na perna dela, dizendo que queria ir para a casa dela. Totalmente bêbada. Tenho vergonha até de lembrar. Ela me levou para o apartamento da tia Solange e eu dei um beijo nela antes de descer do carro. Mas ela me afastou.

— Estava rolando alguma coisa entre vocês, antes?

— Não.

— E o emprego?

— No dia seguinte escrevi pra ela pedindo desculpas. Ela foi educada, mas disse "agora não é o melhor momento".

— Vocês transaram?

— Não.

— Você jura que não?

— A gente não transou. Nunca.

Pedi o juramento para ver sua expressão. Se ela mentisse eu perceberia, foi o que pensei. Mas não consegui ter certeza. Ainda assim, fiquei mais aliviada por conseguirmos conversar de maneira tão clara. Tentei manter a calma e disse:

— Você pode ficar aqui enquanto está se recuperando. Mas depois é melhor a gente dar um tempo. Melhor pra você e melhor pra mim.

— Eu não quero terminar, Luciana.

— Não sei se a gente consegue consertar isso. Mas não adianta decidir agora.

— Você já está decidindo.

— Não. Eu disse que a gente precisa de um tempo. Eu só disse isso.

Ela concordou e nos dias seguintes passamos a conviver melhor. Eu já não saía da sala quando ela chegava, assistíamos à TV juntas à noite. Comprei um sofá com assentos maiores para que pudéssemos ficar mais confortáveis. Também assinei a programação a cabo. Antes os canais não me faziam falta, mas precisei de alguma variedade depois de semanas sem sair. Melissa recuperou um pouco do bom humor, parecíamos amigas. Ela fazia comentários engraçados sobre os programas de TV, as histórias inverossímeis, os atores canastrões. Era divertido falar mal dos programas em companhia. Eu lembrava do meu pai, que nunca levou a sério o que via na televisão. Minha mãe e Agnes eram espectadoras mais passivas, eu sentia falta da irreverência.

Melissa tomava os remédios cuidadosamente, sem que eu precisasse relembrar. Acompanhei-a ao consultório ainda três vezes nesse início do tratamento, depois ela disse que estava bem e eu não precisava mais ir. Os remédios a tiraram da apatia profunda. De dia, durante a semana, ela se movia lentamente, mas fazia coisas. Arrumava o quarto, cozinhava um pouco, assistia a filmes clássicos na TV a cabo. Pedia desculpas por não ajudar com a limpeza pesada, mas essa era a menor das minhas preocupações. Eu preferiria que Melissa saísse para se distrair, mas durante um mês e meio ela quase não saiu. Caminhava apenas até uma biblioteca de acervo circulante e trazia livros infantis, coloridos e ilustrados. Ela só queria ler coisas leves e engraçadas. Na TV também, evitava as histórias dramáticas ou tensas. Um dia me disse:

— Quando era mais nova, eu me excitava com as cenas de estupro nos filmes. Eu não sentia pena da vítima. Mas agora eu não consigo assistir a nada disso.

— Que bom.

— Não sei. Às vezes acho que ser malvada é o único jeito de melhorar.

— Não vejo onde está a sua maldade, Melissa. Você é inteligente e sensível. E confusa. Mas não conheço você o suficiente para entender por quê.

A calma daqueles dias, enquanto eu acompanhava a recuperação de Melissa, foi uma reparação para mim também. Depois de todo o tumulto recente, eu me sentia tranquila e resignada. Minha memória estava mais viva, eu lembrava cenas e detalhes, como se um instinto interno mostrasse o que eu era e tinha esquecido.

Muitas vezes eu lembrava de Agnes, sua estabilidade, sua maturidade quanto às necessidades elementares. Embora fosse tímida emocionalmente, ela entendia a vida prática, sabia que as pessoas precisam de uma estrutura básica para viver. Tinha carinho pela própria existência. Eu admirava isso desde que a conheci.

Em agosto fiz trinta e sete anos. Era o primeiro aniversário, em onze anos, que eu passava longe de Agnes.

Num horário de almoço, na escola, procurei Bruno pelo Skype. Perguntei sobre ela, fazia meses que não tinha notícias. Bruno disse que Agnes continuava sozinha e parecia calma. Ligava uma vez por semana e contava dos retiros de silêncio que frequentava nos feriados. Fazia sessões de ioga numa praça, com um grupo de meditação, todos os dias às seis da manhã.

Eu lembrava do período difícil por que passei, cinco anos depois de nos conhecermos, na virada de 1999 para 2000. Minha depressão não foi repentina como a de Melissa. Não percebi os primeiros sintomas e por algum tempo não desconfiei que havia algo errado, além do desgosto cotidiano. Passei meses tentando me recuperar do que eu acreditava ser apenas cansaço por causa do trabalho, da responsabilidade conjunta na criação do Bruno, da carência afetiva de Agnes. Eu pensava no início que poderia suportar tudo aquilo com treino. Mas os dias se tornaram cada vez mais difíceis, até quando não foi mais possível aguentar sozinha. Ao abrir os olhos de manhã sentia náusea, um desprazer corporal por estar acordada. Perdi a vontade de correr e com muito esforço ia para a academia uma ou duas vezes por semana. Eu só melhorava depois de algumas horas de trabalho na escola, e num instante de clareza entendi que precisava de um médico. Durante o tratamento, além dos remédios, lembro da frase do psiquiatra: "Se você está deprimida por algum motivo, não vai melhorar enquanto não resolver esse problema". A depressão parece incompreensível e insuperável quando você está mergulhado nela, um fracasso singular ligado à sua própria história. Então o médico descreve os sintomas como se fosse uma intoxicação alimentar, é uma doença como outras, acontece com todo mundo. Não é uma fatalidade cósmica que paira sobre os humanos porque a felicidade é impossível. É um distúrbio afetivo causado por fatores que podem ser identificados e tratados. Como uma esfera de vidro, meu casamento com Agnes assumiu um contorno material. O cansaço que eu sentia, pela responsabilidade excessiva que assumi em nossa relação, deixou de ser uma hipótese e se tornou um fato. Não foram fáceis as conversas que tivemos depois disso. Agnes tinha sua visão das coisas, outros pesos e medidas, não concordava que eu fosse tão vítima assim. Eu percebia as camadas de aparência se desfazendo, sentia-me exposta, e Agnes também, uma proximidade intensa que eu desconhecia. Mas era também um distanciamento. A depressão se curou, mas saí dela outra pessoa.

Depois de falar com Bruno pelo Skype, escrevi para Agnes, escolhendo as palavras para que o contato não traduzisse um desejo de reaproximação romântica. Marcamos um almoço durante a semana. No dia marcado fiquei ansiosa até nos encontrarmos às duas da tarde num restaurante perto do trabalho dela. Ela tinha clareado os cabelos, e quando cheguei, de longe, confundi-a com uma velha. Mas era só a impressão por causa do cabelo, seu rosto estava calmo e saudável, apesar da expressão evasiva e talvez um pouco resignada. No início ficamos em assuntos gerais sem mencionar a separação. Falamos bastante de Bruno. Agnes contou que ele estava feliz no Canadá e não planejava voltar depois da formatura.

— Ele tem uma namorada indiana que faz doutorado em matemática.

— Mais velha?

— Sim.

— Ele sempre foi maduro para a idade.

Bruno era um menino reservado. Gostava de atividades físicas individuais. Quando estávamos em casa, falava bastante de suas ideias e sonhos. Mas em grupos maiores era quieto, observava mais que dizia.

— Sinto saudades dele — falei. — Gosto dele.

— Eu sei.

Esperando o café, depois que o garçom levou os pratos, Agnes perguntou:

— Por que você me ligou?

— Pergunta difícil.

—Você está morando com uma garota, não está? Bruno me contou.

— Estou. Mas não é nada definitivo.

— Imaginei que você ficaria com alguém mais jovem.

Contei sobre a doença de Melissa sem mencionar a situação com Laura. Ela entendeu que eu estava preocupada e disse para eu ter paciência, iria passar.

— Melhor ficar deprimida aos vinte anos. Depois é mais difícil.

— Ela tem vinte e cinco.

— É a mesma coisa.

Na saída do restaurante nos abraçamos e Agnes seguiu caminhando para o edifício da Receita Federal onde trabalhava. Era agosto de 2005.

Em maio de 1994, fazia dois meses que estávamos saindo. Bruno estudava na Escola da Fonte, ele tinha uma facilidade incrível para matemática e o ajudei a participar de uma olimpíada estudantil, como eu havia participado aos dezessete anos. Eu dividia com Marcos a quitinete no segundo quarteirão da rua Frei Caneca. O lugar estava sempre cheio, os amigos dele apareciam de madrugada e dormiam no chão. Agnes não estava acostumada com gays. Ela estranhava Marcos e o namorado abraçados, um no colo do outro, se encoxando de brincadeira enquanto cozinhavam. Ela até simpatizava, mas ficava envergonhada e não conseguia relaxar. Sentava encolhida, não me beijava direito, não queria transar quando eles estavam lá. A divisória de pinho não era suficiente, ela precisava de um cômodo hermeticamente isolado pra ter coragem de se soltar. Eu me atrasava no trabalho quatro vezes por semana, para transarmos às sete e meia da manhã, depois que Bruno saía para a escola. Agnes queria que eu alugasse um apartamento só para mim.

Nós precisávamos de um lugar, mas o aluguel de uma quitinete sozinha era um péssimo negócio naquele momento. Não sobraria dinheiro para mais nada. Procurei as ruas mais baratas, algumas travessas escuras na baixa Augusta, mas Agnes não gostava de mendigos em ruas escuras. Eu tinha orgulho de ter saído de Osasco, ter meu emprego e um lugar para morar no centro de São Paulo, onde havia gente inteligente e uma vida gay de dimensões suficientes para eu praticamente esquecer que havia um mundo não gay. Tinha orgulho de conhecer Agnes, delicada e cheirosa, no momento perfeito em que ela estava divorciada e disposta a um novo amor, que podia ser justamente eu. Então eu pretendia levar essa história até onde fosse possível, superando o fato de ela ser oito anos mais velha, morar num apartamento bonito, ter um emprego que pagava o triplo do meu salário e um filho que poderia ser meu irmão. "Eu te ajudo", ela dizia, mas assinar um contrato e depender do dinheiro dela estava fora de questão.

Uma opção óbvia seria contar para o Bruno, que tinha doze anos então. Afinal ela estava divorciada havia dois anos e tinha o direito teórico de levar seu par romântico para casa. Mas eu era sua primeira namorada mulher, em trinta e quatro anos de existência hétero. Contar para Bruno significaria contar para sua mãe, irmãs, empregada, professoras e diretora da escola. "Um dia eu vou fazer isso", ela dizia, "mas preciso de um tempo." Eu não conseguia entender sua barreira. Ela era feminista, militante, tinha várias amigas lésbicas e dizia com segurança que só casou com um homem porque na juventude não tinha referências para sequer imaginar que existisse uma vida homossexual possível. Suas roupas habituais, desde quando era casada, já pareciam figurino de uma comunidade gay: cabelo curto, sem maquiagem, camisa de botão e sandálias alemãs. Não era tudo evidente? Por que ela não podia contar o que o filho iria descobrir mais cedo ou mais tarde? Não era mais fácil explicar agora, enquanto ele ainda era criança, do que esperar a adolescência quando tudo seria mais difícil? Agnes se irritava, passava dias sem me ligar. Quando voltávamos a conversar, era sempre a mesma briga sobre ela assumir ou não, se estava me usando para matar a carência e não tinha a menor intenção de me incluir em sua vida real. Discutíamos pelo telefone durante horas depois que Bruno ia dormir, e no dia seguinte eu chegava ao apartamento às sete e meia da manhã, quando Bruno ia para a escola, e transávamos loucamente e chorávamos abraçadas até eu sair para o trabalho.

Um dia juntei toda minha serenidade. Eram oito e quinze da manhã, estávamos na cama nuas, suadas de tanto transar.

— Agnes, nosso esquema não está funcionando. Eu me atraso para o trabalho todos os dias. Minha chefe é amiga, mas tudo tem limite, eu não posso me justificar com essa história sentimental, ela vai me mandar à merda.

— Mas você não tem medo de contar pra ela? Ela pode te demitir.

— Por que ela faria isso?

— Você está saindo com a mãe de um aluno.

— Eu não estou sacaneando contigo. Eu quero ficar com você. Se você também estiver séria nessa história, eu explico pra ela.

Ela tinha calafrios, eu acredito, literalmente. Ficava quieta quando a discussão chegava a esse ponto. Era algo que sempre quis fazer, ela dizia, mas tinha tanto medo que congelava. Ela admirava que eu tivesse aquela coragem simples, nua e crua: é isso e pronto. Eu tentava ser cuidadosa:

— Eu gostaria de ter um apartamento só pra mim. Gostaria muito mesmo. Mas vamos encarar a realidade: não tenho grana pra isso.

— Qual sua proposta?

— Contar pro seu filho.

Ela ficava em silêncio e começava a chorar, contida. Mordia os lábios, duas lágrimas escorriam de seus olhos vermelhos, aquilo acabava comigo. O sentimento era tão forte, eu a apertava muito, como se agarradas pudéssemos sobreviver a um furacão.

21. Muito, muito leve

Eu gosto de pensar que não há diferença entre as relações hétero e as lésbicas, e em linhas gerais essa ideia se sustenta. Mas quando vejo o tempo que arrastamos em relações muito ruins, preciso lembrar de alguns princípios básicos da militância feminista. Não existe nenhuma relação obrigatória entre ser mulher e ter instinto maternal. Uma mulher não precisa amparar e proteger sua parceira contra as ameaças do mundo e, principalmente, não precisa ter paciência infinita com a inconstância emocional. Eu repito a mim mesma que a regra não existe e faço esforço para escapar dela.

Mas, como em outras situações complicadas, esperei Melissa melhorar da depressão — e esperando esqueci que tinha decidido terminar tudo.

Depois de algumas semanas de recuperação, voltamos a transar. Ela estava melhor, mas ainda sem muita energia. Deitava e pedia beijos, me abraçava de modo mais suave, demorava a gozar e ficava muito tempo num estágio de meia excitação. Eu a penetrava com os dedos devagar, sentindo sem pressa a textura de sua pele interna. Pensei que as coisas estavam melhorando, mas não durou muito. Uma noite ela recusou minha iniciativa e quis conversar.

— Tenho medo do sexo como a gente fazia antes.

— O que você quer?

— Algo delicado. Muito leve.

— Leve como?

— Pouco. Quase nada.

Pedi que ela me ensinasse. Toquei seu corpo, avançando com cautela. Mantive os olhos abertos para examinar sua expressão. Ela segurava minha mão quando eu devia parar. Em alguns momentos disse: "Só mais um pouco", depois me tocava da mesma maneira. Colocava um dedo, movimentava de leve, parava, beijava meu rosto sem usar a língua. Para mim era insuficiente, mas resolvi esperar até que sua reserva passasse. Agora, novamente, eu queria muito transar com ela.

Melissa não era batizada em nenhuma religião. Seu pai foi criado como luterano (ou calvinista, ela contou mas esqueci) e detestava qualquer tipo de igreja. A mãe católica não acreditava em quase nada. Mas Melissa durante um tempo se interessou por budismo e depois fez um curso de judaísmo. Ela mostrou as apostilas.

— Mas você tem alguma origem judaica?

— Não, era um curso no Centro de Cultura de Israel.

Contou sobre os alunos que frequentavam as aulas. Muitas filhas de casamentos mistos, ou netas de apenas um avô judeu, que faziam o curso para se integrar. Havia também uma família de evangélicos pentecostais — pai, mãe e dois filhos adolescentes — que pretendia se converter em conjunto. O curso durava oito meses, mas Melissa parou depois de algumas semanas.

— Não eram exatamente aulas — ela disse. — O rabino entregou as apostilas e respondia as perguntas. Se ninguém perguntasse ele ficava quieto. Era meio surdo, a gente quase precisava gritar.

— Você acredita em Deus?

— Na apostila tinha uma definição do que significa acreditar em Deus. São três itens: "acreditar que o ser humano não comanda a própria vida", "acreditar que a vida tem um sentido". Depois não lembro bem.

Ela procurou a página na apostila, mas não encontrou. Talvez estivesse em outro volume que ela esqueceu em algum lugar.

— Era algo como "fazer o possível para construir o sentido da vida". Não lembro. Mas era aceitável.

— A vida tem um sentido?

— Justamente. "Fazer o possível para construir o sentido." Era algo assim, achei bonito.

Num sábado fomos ao supermercado e Melissa comprou vasos de violeta para colocar na janela. Ela estava melhor. Dormia menos, acordava mais disposta. Voltava a fazer alguns planos:

— Eu quero mesmo trabalhar. Ter um emprego de verdade. Trabalhar é bom, não é?

— É sim — eu dizia.

— Antes eu achava que a depressão trazia profundidade. Mas o sofrimento só prepara para outro sofrimento. Ninguém precisa estar preparado para sofrer.

Passamos alguns dias entre papéis e agendas. Melissa procurava telefones antigos de amigas que talvez pudessem ajudar indicando um trabalho. Pessoas boas e confiáveis, que tivesse deixado para trás sem motivo. Ela retomou o contato com Camila, marcaram um almoço e Melissa voltou animada.

— Camila acha que estou melhorando. Ela disse que posso voltar a trabalhar daqui a alguns meses.

— Por que não agora?

— Ainda estou muito lenta para segurar louças e bandejas.

Apesar do entusiasmo inicial, Melissa não conseguiu nada com ninguém. Um dia ela perguntou, cuidadosa:

— Você ficaria brava se eu pedisse uma segunda chance para Laura sobre o emprego?

Antes de eu responder, ela completou:

— Minha experiência em psicologia é tão fraca... demorei anos para me formar... não tive nenhum trabalho fixo. Acho que é a melhor chance que eu tenho.

— Melissa... O que eu posso dizer? Mesmo desconsiderando o problema entre a gente... não acho legal trabalhar com alguém que desperta esse tipo de reação em você. — Fiz uma pausa: — A não ser que você queira ficar com ela.

— Não! Eu não quero. Aquela noite foi só uma fissura antiga que voltou.

— Então pra quê?

— Eu tenho medo de não conseguir outra coisa.

— Não é possível que você não consiga. Você fez uma boa faculdade. Você é inteligente.

— Mas eu tenho vinte e cinco anos e nunca tive um emprego de verdade.

— E daí? Tem gente que muda de profissão aos quarenta, aos cinquenta.

— Não sei. Tenho medo.

Ela parou de falar e sua expressão ficou novamente abatida, como nos piores momentos da depressão. Tive receio de continuar a conversa e o assunto ficou sem conclusão.

Alguns dias depois recebi um telefonema de Heloísa. Melissa havia ligado para ela, pedindo que ela conversasse comigo a respeito de Laura e do emprego.

— Confie nela — Heloísa disse. — Ela só quer trabalhar.

Eu já devia ter aprendido que nunca se engole um sapo sozinho. Depois do primeiro vêm sempre os caçulas. Eu disse:

— Isso é demais pra mim, Heloísa. Não quero falar desse assunto. Ela é adulta e sabe o que é melhor pra ela.

Melissa não falou mais sobre Laura. Continuou tentando indicações com velhas amigas, mas sempre havia um problema: uma saiu do país, outra trabalhava numa multinacional que só contratava trainees por processo seletivo, outra dizia que claro, ia pensar em algo e ficava por isso mesmo.

— A vida é um peso — ela dizia. — Entendo por que algumas pessoas vivem inventando uma vida que não têm. Antes eu fazia isso. Esperava que tudo fosse melhorar sem esforço: as coisas boas iriam acontecer, meu dia iria chegar. Eu merecia e a vida traria o que estava escrito para mim.

— Mas a vida foi ruim com você?

— Eu não sei. Quer dizer, eu nunca passei fome, ninguém morreu, não teve nenhuma tragédia. Mas tudo parecia errado. Eu estava sempre no lugar errado. Isso é ruim, não é?

Melissa seguia regularmente as consultas com o médico e tomava seu comprimido antes de dormir. Eu observava, mas já não comentava. Ela também começou a escrever. Queria se apoiar em atividades regulares que a deixassem calma. Passou algumas semanas absorvida em suas lembranças, tentando estabelecer, em meio a tudo que fizera na vida, o que fora verdadeiro e ela pudesse confiar de modo sereno. Quando voltava da Escola, eu a encontrava sempre concentrada, em silêncio, pensando. Às vezes demorava alguns minutos para falar comigo, e então começava a explicar suas ideias em elaboração, frases que se interrompiam e se reorganizavam.

— Eu me perco na vida mental — ela dizia.

Nós conversávamos apenas no fim do dia, depois do trabalho. Eu chegava às sete da noite, ficava acordada até as onze, ela ia para a cama comigo e me esperava adormecer. Depois levantava e escrevia na sala, por algumas horas. Às vezes eu ia ao banheiro e via a luz acesa. De manhã ela ainda dormia quando eu saía. Marcava o despertador para as nove, preocupada em não dormir demais. À noite Melissa me abraçava, fazia carinhos e se aconchegava em meus braços, mas se retraía quando eu a tocava por baixo da roupa.

Muitas vezes encontrei seu caderno sobre a mesa da sala, de manhã. Numa das folhas, em sua caligrafia manuscrita, estavam alguns versos do poema que ela usava no site de encontros, quando a conheci pela primeira vez. "Velas forçam o mar & desaparecem na planície da loucura/ A paixão agitou as samambaias de janeiro." Quando reli os versos, lembrei num instante da primeira sensação que tive sobre Melissa, antes mesmo de saber seu nome. Um sentimento de delicadeza, sensibilidade e mistério. Tantas coisas tinham acontecido, e nunca perguntei o que o poema significava para ela.

22. Um ciclo encerrado

Eu estava adiando uma decisão sobre Melissa e sabia que não era certo. Estávamos em lugar nenhum. Ela parecia melhor, talvez não o suficiente para ser expulsa, mas também não tão doente para ficar. Nossa paixão espontânea tinha acabado e aquela convivência indefinida, transando às vezes, convivendo amigavelmente na superfície, era uma gambiarra. Mas aconteceu algo que me enfraqueceu, e não pude afastar Melissa nem ficar sem ela.

No início de setembro, assim que abriu o período para novas matrículas na Escola, Patrícia contou que planejava mudar para Ilhabela. Heloísa precisava de um lugar calmo para se concentrar no seu trabalho de escultura em madeira.

— Ela está se dedicando. Uma galeria encomendou várias peças.

As duas iriam se instalar definitivamente na casa da praia, pelo período inicial de um ano. Patrícia assumiria a gerência do restaurante de um amigo. A Escola da Fonte era um ciclo encerrado, ela disse. A mudança já fora discutida no conselho executivo, e Maria Sílvia Almirante, a gerente de produção de material didático, ficaria em seu lugar a partir de dezembro.

Era a pior notícia do mundo para mim. Patrícia e Heloísa eram minha referência, meus modelos, minhas mães, minhas professoras. Eram tão importantes que me bastavam a certa distância, na convivência cordial de trabalho e amizade. Além disso, eu não gostava de Maria Sílvia. Ela era centralizadora e menos organizada do que pensava ser. Patrícia sabia da minha antipatia e pediu para a diretora-geral me trocar de setor, mas isso ainda seria avaliado. Era um assunto interno entre os sócios. As promoções do próximo ano ainda não estavam definidas.

— Um ciclo encerrado — eu repeti a Patrícia.

— Fiquei dezesseis anos nessa escola.

— Eu fiquei doze.

— Pois é. Já foi suficiente.

Passei alguns dias pensando no que restaria da Escola da Fonte, para mim, sem Patrícia. Eu gostava da escola, mas principalmente porque trabalhar ali me dava o direito legítimo de fazer parte do seu mundo. Eu não frequentaria sua casa como amiga se não fosse uma boa funcionária. Por isso eu era a melhor funcionária que podia ser, embora a Escola não me despertasse qualquer emoção, e pouco me importavam as pessoas que ficariam depois que Patrícia partisse.

A ruptura ampla me assustou. Terminavam os últimos vínculos de minha vida anterior com Agnes. Tudo que foi nossa rotina acabara. Em meu novo apartamento, em outro bairro, agora eu tinha apenas Melissa.

Fiquei introspectiva, abrindo caixas com papéis antigos e documentos, diploma e certificados. No meu passado de boa aluna talvez houvesse um caminho para eu seguir agora, um novo rumo, um interesse vital para compensar a futura ausência de Patrícia. Reli minhas anotações e relatórios de estágio no Centro de Estatística. Fiquei surpresa com a complexidade dos assuntos que dominava então, auxiliando os professores e pesquisadores da pós-graduação.

Procurei na internet a página do Instituto de Matemática. Meu antigo orientador já não estava entre os professores. Seu currículo no Conselho Nacional de Pesquisa indicava que se aposentara havia três anos. Examinei com atenção as linhas de pesquisa e os orientadores do Instituto de Matemática. Eu já não conhecia metade dos nomes.

Fazia catorze anos desde a minha formatura. Não tinha onde eu me encaixar numa área que eu abandonara. Toda a pós-graduação se alinhava num alto nível de especialização, e eu estava fora havia muito tempo.

23. Alguma coisa grandiosa

Sem alarde, enquanto seguíamos nossa vida em busca de um novo trabalho para mim e um primeiro emprego para ela, Melissa mencionou uma outra professora. Era uma senhora, há trinta anos na universidade, alguém que avaliou seu relatório final de estágio, conforme me disse. A professora elogiou seu texto e se dispôs a ajudar na procura de um trabalho, mas concordava que a falta de experiência era um problema.

— Ela sugeriu que eu me inscrevesse no centro de voluntariado. Eles têm uma oficina de preparação, posso trabalhar com crianças hospitalizadas. Se começar como voluntária, já é alguma experiência.

— Que professora é essa? Não lembro de você mencionar.

— É uma professora especializada em psicologia infantil.

Quando eu acordava de manhã, encontrava sobre a mesa os papéis de Melissa. Ela deixava seu caderno aberto ao lado de algumas canetas. Eu tinha curiosidade e também pudor de ler. Ela não proibira, não era um diário, mas eu preferia não ver desavisadamente algo sobre mim. Sua caligrafia era pequena e regular, pontuação correta, traços separavam as mudanças de ideia. Eu lia apenas as páginas que já estavam abertas. Muitos assuntos eu já ouvira em nossas conversas diárias; organizado em frases curtas, porém, seu pensamento parecia mais seguro e definido. A maioria dos trechos contava lembranças sobre psicólogos e psiquiatras, detalhes de tratamento. Não havia quase nada sobre amores e família.

> *Minha antiga psicóloga não criticava livros de autoajuda. Ela acreditava em Deus e falava ao celular com o marceneiro durante as consultas. Também me contava sobre sua empregada, seus filhos e sua experiência como professora nos anos setenta. Eu tentava acreditar em suas frases feitas, aceitar que tinha de cuidar de mim mesma. Ela me trazia o conforto familiar de uma tia, com a vantagem de não ser.*

> *O óbvio é o mais difícil. Aceitar o que é real e esquecer a sensação de que minha vida seria melhor se eu tivesse nascido com outra herança. Aceitar que existe um "eu". Isso é o mais arbitrário: eu + preciso + me + proteger.*

Quando imaginava a si mesma como psicóloga, Melissa lembrava do trabalho de seu pai como médico pediatra em Santa Bárbara do Oeste. Sua bondade meio frustrada, o idealismo que foi perdendo com o tempo. Eu quis saber mais detalhes de sua família.

— Minha mãe era muito bonita. Mas esperava da vida alguma coisa grandiosa, eu acho, sofria demais com a vida comum. Falava sempre como meu pai era inteligente e educado quando jovem. Ele continuava inteligente e educado, mas perdeu a novidade pra ela.

— Heloísa contou que ela esteve internada quando você era criança.

— Eu não lembro. O que eu lembro é que ela nunca estava em casa. Tinha muitas amigas e passava o dia todo com elas. Meu pai dizia que era melhor assim: se ficasse em casa sozinha, podia ser muito pior. Às vezes eu reclamava, queria que ela ficasse em casa comigo. Ela me abraçava, dizia que eu e o papai éramos tudo na vida dela. Depois voltava a sair.

No caderno de Melissa, aparecia muitas vezes a palavra "comum". Ela repetia muito as expressões: "ser comum", "vida comum".

> *Em Santa Bárbara, meu pai e seus amigos médicos me ajudavam em tudo. Mas longe de casa eu tinha um medo terrível do catálogo do plano de saúde. Precisava da indicação do meu pai. Estranho sentar na frente de um desconhecido e explicar minhas angústias como se existissem palavras para isso.*
>
> *Durante quatro meses fui quatro vezes por semana ao consultório de uma psicóloga que tinha flores artificiais na sala de espera. Mas houve conflitos quanto ao vocabulário. Ela repetia o que eu havia dito com palavras diferentes. // — Não foi isso que eu disse. // — É a mesma coisa. // — Não. Não é.*

De repente, de um dia para o outro, Melissa disse que começaria um trabalho com sua professora especializada em psicologia infantil. Era uma vaga de atendente no Instituto de Psicologia da Infância. Melissa disse que a infância, para ela, era seu maior interesse na psicologia: "A vida poderia ser simples, mas começa errada".

— Como é esse trabalho? Você não ia primeiro tentar uma experiência como voluntária?

— É uma bolsa de aprimoramento acadêmico para recém-formados. O Instituto é um departamento da universidade, tem um curso de pós-graduação e uma clínica experimental. Preciso responder os e-mails e organizar os pedidos de atendimento. E ajudar os professores com o que eles precisarem. Se eles gostarem de mim, posso conseguir uma bolsa integral pra fazer o curso de especialização.

Na manhã seguinte, em seu caderno, havia um parágrafo com o título "Dezessete".

> *Aos dezessete anos eu queria conversar com meus amigos sobre experiências sexuais. Minha mãe ouvia minhas conversas ao telefone e se incomodava porque eu estava me expondo demais. Mas eu precisava falar. Naquela época.*

Na primeira semana de dezembro, Patrícia fez uma festa de despedida. Eu fui com Melissa, que logo se enturmou com as amigas mais próximas de Heloísa. Estavam emotivas, abraçavam-se e trocavam brindes, comovidas com o momento.

Patrícia ficou entretida com suas velhas amigas e eu aproveitei a festa para conversar com algumas professoras universitárias, que por acaso conheci numa roda que discutia educação. Mencionei algumas informações sobre renda das famílias e desempenho acadêmico, e ela ficaram interessadas pelos números que eu conhecia.

Uma dessas mulheres — professora de antropologia, amiga de Heloísa — quis saber minha formação e ficou impressionada quando respondi matemática e estatística. Ela disse que os pesquisadores de seu departamento contratavam especialistas em estatística para processar seus dados de pesquisa. Contei rapidamente sobre meu trabalho na Escola da Fonte e ela se interessou muito. "O perfil econômico nas escolas particulares é um ponto-chave na área de educação", ela disse. "Tem algumas pesquisas, o tema é complexo." Nessa conversa, que durou talvez uns vinte minutos, ela perguntou se eu nunca havia pensado num projeto de pós-graduação em ciências sociais. Eu não sabia que era possível com minha graduação em exatas. Fiquei curiosa, perguntei sobre o processo seletivo, ela disse que o site da universidade tinha todas as informações.

O ano letivo recomeçaria e ninguém me propusera nenhuma nova função na Escola da Fonte. Pediram apenas que eu acompanhasse Maria Sílvia nas primeiras semanas no departamento financeiro, que mostrasse os arquivos e procedimentos a ela, que contavam comigo nessa transição. Mas eu não tinha nenhuma vontade de trabalhar com ela.

O conselho da professora de antropologia ficou na minha cabeça e na primeira segunda-feira com Maria Sílvia, sem Patrícia, aproveitei o almoço para ler o currículo dos professores de todas as linhas de pesquisa que envolviam educação e economia. Procurei nomes que eu pudesse reconhecer, de alguma forma relacionados com Heloísa ou pessoas de seu círculo de amizades. Talvez houvesse alguma chance, numa eventual entrevista, de despertar interesse pelo meu currículo, se eu mencionasse despretensiosamente essa familiaridade.

Enviei alguns e-mails de apresentação, cordiais e cuidadosos. Finalmente uma professora do departamento de sociologia respondeu positivamente, interessada em minha experiência na Escola da Fonte. Marcamos uma breve entrevista e depois de algumas perguntas ela se mostrou interessada por minha ideia, um projeto de pesquisa sobre os gastos das classes A e B na educação privada dos filhos. Havia algumas bolsas de estudo disponíveis para mestrado, se eu me comprometesse a me dedicar integralmente. Não seria simples depois de tantos anos fora da universidade, mas eu poderia me organizar. Era um grupo de pesquisa interdisciplinar e alguém com habilidade em matemática seria útil para organizar as tabelas e gráficos.

Porém, mesmo aceitando meu projeto, a orientadora explicou que a seleção no departamento era unificada e minha matrícula dependia de uma prova geral que aconteceria em março. A bibliografia tinha doze livros de sociologia que eu desconhecia. Ela me indicou os capítulos mais importantes, a abordagem e os critérios. Eu tinha três meses para me preparar.

24. Quinta-feira em Santa Bárbara

Alguns dias antes do Natal, Melissa perguntou se eu não gostaria de conhecer seus pais em Santa Bárbara.

— O que você acha? Podemos ir na sexta à noite. Passamos o fim de semana com eles.

— Mas não conheço teus pais.

— Meu pai ficou agradecido porque você cuidou de mim. Ele vai gostar de te conhecer.

— Domingo é Natal. Vou passar a véspera com minha família.

Ela pareceu meio desapontada e sugeriu:

— Então vamos quinta. Assim você volta no sábado.

Alguns meses antes, eu adoraria conhecer seus pais. Gostaria de ser apresentada com orgulho, pela primeira vez na minha vida, como companheira e amor de alguém. Eu tinha trinta e sete anos e vivera entre famílias voluntariamente cegas com as histórias gays. Mas o encontro não aconteceu quando poderia ter sido bom. Agora eu tinha apenas uma curiosidade vaga sobre a família de Melissa. Essa família ausente, que não cobrava nada, que agia como se tudo estivesse certo, mesmo quando as coisas estavam muito erradas. Concordei com a viagem e pedi dois dias de licença na Escola. Na quinta-feira acordamos cedo. Enquanto descíamos de elevador com as mochilas, me ocorreu que Melissa tivesse me convidado para eu levá-la de carro. Se fosse isso, eu teria mais um sapo a engolir.

Os pais de Melissa moravam numa casa ampla e nova, em um condomínio com outras casas amplas e novas. Melissa explicou que o pai ainda tinha a casa em que ela crescera, perto do centro, estava alugada para uma clínica de estética. Eles haviam comprado a casa atual recentemente, quando Melissa já estava em São Paulo. Tinha espaço para três carros na garagem. Os cômodos eram grandes, com piso frio, havia uma edícula espaçosa com churrasqueira e muitas plantas. Nós entramos, Melissa me apresentou, a mãe demorou alguns minutos terminando algo na internet antes de sentar e conversar. Eles tinham um pequeno cachorro peludo, maltês até onde pude identificar. O cachorro se aproximou das pernas de Melissa pedindo atenção. A mãe parecia uma mulher jovial e agitada. Desculpou-se porque não conseguiu ir ao mercado, não tinha nada em casa. Mas o pai traria algo para o almoço. Ele estava trabalhando no posto de saúde e voltaria logo.

Deixamos a mochila no quarto de Melissa, que parecia ainda novo. Depois descemos para a sala.

— Me conta, filha, quando começa o trabalho novo?

— Vamos sentar lá fora?

— Claro, vamos, onde você quiser.

Sentamos na área da churrasqueira e Melissa explicou sobre o trabalho no Instituto. A mãe se admirava e repetiu várias vezes:

— Que maravilha! Que ótimo!

Logo o pai chegou com sacolas de padaria. Não era comida quente, mas pães, salames, conservas e cervejas. Estranhei a naturalidade com que todos abriram as cervejas numa quinta-feira à tarde.

O pai era um homem afetivo e sorria com facilidade. Melissa repetiu as principais notícias, depois a conversa se desviou para os planos de Natal, as comidas a levar, as novidades de tios, primos e outros parentes. Com a cerveja fiquei mais relaxada ouvindo as histórias. O pai perguntou sobre meu trabalho com Patrícia, e mostrou-se grato por minha ajuda na crise de Melissa.

— Nós ficamos felizes por você ter ajudado — foi o que ele disse, sem mencionar o problema.

Ficamos na churrasqueira até entardecer, com algumas pausas na conversa quando acabava o assunto. Aparentemente o pai não precisava voltar ao trabalho, e ninguém estranhou isso. Ele reclamou bastante do governo federal de centro-esquerda, que considerava covarde. Foi enérgico nas críticas, precisávamos de mudanças radicais nas políticas de saúde e meio ambiente. Ele não parecia o médico bondoso e derrotado que Melissa me descrevera. Eu tinha poucas informações para acrescentar ou contestar, e ouvi com atenção o que dizia.

Quando escureceu fomos para a sala assistir TV. Era um aparelho grande e novo, com imagem em alta definição, um sofá confortável para seis pessoas. O pai tinha o hábito de receber amigos para assistir a filmes clássicos e ficção científica, gostava de tecnologia e efeitos especiais. Estranhei a combinação entre o estilo da casa, a sala de TV e as preocupações ambientais. Mais tarde, em substituição ao jantar, ele preparou uma tábua de queijos e serviu com azeitonas e vinho. Fomos para o quarto bêbadas, Melissa puxou o colchão extra da bicama e me entregou os lençóis. Arrumei como possível. Depois de apagar a luz começamos a transar na cama de cima tentando não fazer barulho, mas paramos no meio.

Durante a noite acordei repentinamente, de um sonho agitado, com a boca seca e a cabeça doendo. Fui até o banheiro tateando as paredes, voltei para a cama e tentei recuperar o sono, em silêncio, sem acordar Melissa.

Quando acordei de manhã, a cama dela estava vazia. Desci até a sala e não encontrei ninguém. Vi um bilhete sobre o balcão da cozinha: "Fomos no shopping. Voltamos para o almoço". Tomei um banho e fiquei na janela do quarto olhando a paisagem. A casa era alta e eu podia ver os outros jardins do condomínio, havia poucas árvores, mas os terrenos eram amplos, com gramados bem cuidados, algumas piscinas. O dia estava claro e fresco, eu ouvia alguns cães, alguma música de rádio tocando longe.

Senti uma tristeza repentina, deslocada naquele ambiente.

Melissa era a primeira mulher mais jovem que eu namorava. Meu pai era cinco anos mais velho que minha mãe. A diferença de idade ideal, eu pensava quando criança. Minha mãe dizia que o casamento primeiro foi bom, mas ela perdeu o primeiro bebê e nunca foi feliz como no início. Teve uma "doença nervosa". Segundo ela conta, quando engravidou de mim não dormia de angústia, não saía do meu lado quando eu era bebê, acordava à noite assustada com a ideia que eu tivesse morrido. Minha infância foi acompanhada por esse cuidado excessivo até os nove ou dez anos, quando ela voltou a frequentar a igreja do bairro, com um padre novo que animava as missas com músicas populares.

Era estranha a coincidência na vida de Melissa e na minha. Por motivos diferentes, nossas mães ficaram deprimidas depois do casamento. Eu também fiquei, alguns anos depois de mudar para o apartamento de Agnes, e o mesmo aconteceu com Melissa morando comigo. A princípio eu não notara a semelhança porque as circunstâncias eram muito diferentes: minha mãe perdeu um bebê; a mãe de Melissa, ao contrário, tinha a filha recém-nascida; Melissa e eu não éramos casadas, e minha história com Agnes carregava tantos detalhes que era difícil ter uma visão geral. Mas a depressão estava lá nos quatro casos e isso subitamente me pareceu importante, embora eu não conseguisse chegar a uma conclusão sobre o significado da coincidência.

Fiquei na sala lendo uma revista enquanto esperava Melissa e a mãe voltarem das compras. Na parede havia uma série de fotos de família em porta-retratos, muitas fotos de Melissa jovem e adolescente. Mais magra, com os cabelos compridos, ela era realmente muito bonita.

25. Primeiro emprego

Melissa começou a trabalhar no Instituto de Psicologia da Infância em janeiro de 2006, seis meses após sua crise de depressão. Assinaram seu contrato como assistente de atendimento para um período inicial de quatro meses. Ela já parecia estável. Havia somente uma diferença de tom, em relação ao período em que nos conhecemos; estava mais introspectiva, sorria menos. Seu horário no trabalho começava às dez da manhã. Ela pediu que eu a acordasse cedo, quando voltava da academia. Enquanto eu tomava café na sala, ouvia seus movimentos no banheiro. Lavava o rosto, escovava os dentes e depois, enquanto eu me vestia no quarto, ela seguia para a sala. Eu a beijava ao sair, enquanto ela comia frutas e queijo.

Apesar do entusiasmo inicial, Melissa reclamou do trabalho desde o primeiro dia. Sentia-se prisioneira, sentada na sala fechada, obrigada a ficar no Instituto seis horas por dia. "Pra que isso mesmo?", perguntava. "Nunca imaginei que teria um emprego pior que o de garçonete." Frequentemente chegava em casa cansadíssima alegando que tinha acabado toda sua energia. Jogava-se no sofá, ligava a televisão e não queria fazer mais nada.

Para ela, o dia só ficava suportável no intervalo, quando almoçava com outros bolsistas ou a professora que a contratou. Mas ela reclamava que a professora só passava tarefas mecânicas: preencher formulários eletrônicos, cadastrar informações no site do Ministério da Educação. Essa nova professora me causava reações ambíguas. Por causa do fantasma de Laura, mesmo imaginando uma senhora doce e avozinha, eu temia vagamente uma nova ameaça. Ao mesmo tempo tinha medo que Melissa desistisse do trabalho, e, se os almoços com a professora a segurassem no emprego, seria um alívio.

Depois do trabalho, que terminava às quatro da tarde, Melissa ficava algum tempo estudando na biblioteca do Instituto. Preparava-se para a entrevista de seleção do curso de especialização.

Quase sempre, falando de seus planos, ela mencionava sua chefe. Depois de algumas referências à "minha professora", perguntei o nome dela.

— Maria Cecília.

Melissa continuou se referindo a esse nome:

— Maria Cecília sugeriu alguns livros de um russo chamado Vygotsky. Ela acha bom para mim.

— Maria Cecília coordena os bolsistas, ela é ótima administradora.

— Maria Cecília lida bem com o trabalho. Mesmo quando está cansada, ela faz o que deve fazer.

Eu olhei a página da faculdade na internet para me certificar. Havia duas professoras com o nome Maria Cecília no departamento de psicologia. Nenhuma me pareceu atraente.

O segundo mês de trabalho de Melissa foi ainda pior que o primeiro. Mais reclamações sobre atender telefonemas, para ela não fazia sentido terminar a faculdade para ser quase uma recepcionista. Ao mesmo tempo sentia-se pouco eficiente para auxiliar Maria Cecília nas tarefas acadêmicas mais especializadas. A professora pedira alguns levantamentos bibliográficos e considerou incompleto o que Melissa apresentou. Quando Maria Cecília pediu ajuda na revisão de um artigo, Melissa teve muita dificuldade, insegura quanto a regras gramaticais.

A possibilidade de entrar no curso de especialização agora lhe parecia distante. Melissa me mostrou no computador as informações sobre o curso. Era destinado a profissionais universitários com experiência mínima de dois anos em prática clínica, pedagogia ou psicopedagogia. Na seleção, além de currículo e entrevista, era preciso entregar um texto "relatando seu percurso no campo da psicologia da criança".

— Não vou passar nunca. Não tenho essa experiência.

— Você fez um estágio.

— Quatro meses. Na clínica da faculdade. Mas eu só organizava os formulários de triagem.

— Você teve muita experiência com médicos e terapeutas no seu próprio tratamento. Você já escreveu sobre isso. Eles podem valorizar.

— Não dá pra mostrar aquilo. Não é o que eles querem.

— Por que não?

— É muito pessoal. Muito impressionista.

Havia também, novamente, um problema de dinheiro. Melissa contava com a possibilidade de conseguir uma bolsa, mas isso não era automático, havia um exame específico depois da primeira seleção. As bolsas eram reavaliadas todo semestre. Para mantê-la nos três anos do curso, Melissa precisaria ter ótimo desempenho e frequência.

— Trabalhar o dia inteiro, estudar de noite. Será que eu vou conseguir?

— Bem, se você quer trabalhar com crianças, vá em frente. O caminho é esse.

Ela ficou um instante em silêncio e comentou:

— Pensei em pedir alta para meu psiquiatra. A consulta é muito cara para pagar todo mês. Se eu pudesse ir a cada três ou quatro meses, seria um alívio.

— Não, Melissa. Essa é a única coisa que você não pode fazer.

Essas conversas se embaralhavam na minha cabeça. Eu tinha meus próprios planos, iria tentar o exame de mestrado nas ciências sociais, planejava sair da Escola da Fonte e passar um tempo apenas estudando. Se tais planos funcionassem, eu não poderia mais pagar todas as contas do apartamento sozinha. Melissa estava formada havia alguns meses e não se oferecera para pagar nenhuma conta importante. Apenas ajudava nas compras diárias de comida e pequenas coisas, e todo o resto, financiamento, condomínio, internet, TV a cabo, continuava pesando sobre mim. Se ela tivesse novamente mensalidades da faculdade para pagar, seria ainda mais difícil que me ajudasse.

Mas, para falar sobre isso, eu e ela precisaríamos de uma conversa maior sobre nossa relação. Onde estávamos, para onde iríamos. Eu não sabia exatamente o que queria, então provisoriamente apenas deixei o tempo passar.

26. Beijo de despedida

Minhas provas do mestrado em sociologia aconteceram na primeira semana de março. Fiz o exame de língua estrangeira e a prova de conhecimentos teóricos. O resultado saiu no dia vinte e nove. Quando vi meu nome na lista dos aprovados, fiquei aliviada como se atravessasse no último instante a porta de um elevador fechando. Sobre sociologia eu sabia apenas o que consegui ler em três meses, mas meu treino anterior para responder provas ajudou. Melissa se mostrou mais animada que eu com as mudanças: "Vai ser muito bom!", ela dizia, enquanto eu hesitava. "Você não acha?"

Aprovada para a matrícula no segundo semestre, marquei uma conversa com Lucila, diretora-geral da Escola da Fonte. Pretendia sair do emprego assim que eles encontrassem uma substituta. Além disso, como iria escrever sobre questões financeiras das escolas privadas, considerei melhor explicar minhas intenções, para que ela não desconfiasse de traição profissional.

Lucila Gleizer era a única diretora do núcleo original ainda ligada à Escola. Tinha cinquenta e seis anos, concentrava-se na gestão pedagógica do ensino fundamental. Nos primeiros anos em que trabalhei com Patrícia, acompanhei o conflito de Lucila com outros diretores sobre o custo da mensalidade para os alunos. Lucila era contra o aumento gradual que ocorreu em meados dos anos 1990, elevando a mensalidade para a faixa das escolas de elite. Queria que a Escola permanecesse acessível à classe média, selecionando os alunos por aptidão e desempenho. Porém os outros diretores, principalmente os responsáveis pelo ensino médio, argumentaram que era necessário aprimorar a infraestrutura e o corpo de professores, e isso seria impossível no padrão médio de mensalidade. Lucila foi voto vencido e aos poucos a questão deixou de ser discutida. A mensalidade se estabilizou entre as vinte escolas mais caras da cidade, fora do alcance das famílias antigas do bairro. Também diminuíram os filhos de artistas alternativos e professores.

Fui conversar com Lucila em sua sala. Antes que eu começasse a falar, ela se desculpou por não haver uma função para mim em sua equipe, como Patrícia pediu antes de sair. Seu tom de voz era atencioso, mas ela não parecia realmente arrependida. Era a gentileza profissional que eu conhecia. Ela ficou surpresa quando eu pedi demissão.

— Mas por quê? Nós gostamos tanto de você.

Lucila gostava de dizer que o trabalho era uma questão de afeto. As escolas deviam construir um futuro mais humano. Nas reuniões de planejamento, sempre havia uns vinte minutos de seu discurso sobre ética e solidariedade, antes de tratarmos das questões práticas sobre mensalidades, reajustes e carga horária dos professores.

Sem entrar em detalhes, continuei:

— Tenho alguns planos para mudar de área. Procurar uma função diferente.

— É uma questão de salário? — ela perguntou.

— Não.

Expliquei minha futura pesquisa no departamento de sociologia, sobre os gastos familiares em educação privada.

— Eu não sabia de seu interesse por sociologia — ela disse.

— Não é minha área de formação, mas o departamento se interessou pelo tema.

— Sua decisão é definitiva?

— Sim.

Eu disse que ficaria até encontrarem um substituto, e me ofereci para treinar o novo responsável.

— Está bem, vou conversar com a Maria Sílvia. Fico triste com sua saída, mas você está certa, deve fazer o que é melhor pra você.

Foi um alívio sair de sua sala, e também um susto. Eu nunca ficara sem emprego. Esperava que o mestrado abrisse novos caminhos, talvez trabalhar em uma universidade, conseguir alguma vaga como pesquisadora. Se não acontecesse, eu poderia procurar uma empresa maior, no ramo industrial ou financeiro, em que os salários eram melhores. Eu confiava em minha capacidade e queria arriscar, mas o vazio assustava.

Foi uma medonha coincidência quando, nesse mesmo dia, Agnes telefonou para dizer que conhecera uma mulher e estava namorando. Na verdade essa notícia foi apenas o primeiro impacto. Por causa da nova namorada, ela limpou os armários e encontrou coisas minhas: uma pasta de documentos, uma caixa de fotos. Queria deixar o pacote na portaria do meu prédio assim que possível.

Eu não seria despachada tão facilmente, não naquele dia. Respondi que buscaria as coisas pessoalmente.

— Está bem — ela disse. — Deixo na portaria pra você.

— Posso ir depois do trabalho, quando você estiver em casa.

— Meus horários estão bagunçados, Luciana. Não sei dizer quando vou estar em casa.

— Vamos marcar um dia. Por que tanta pressa? Diga quando é bom pra você.

Parecia que ela preferia não me encontrar, mas não teve coragem para ser rude e negar. Depois de algum embaraço, Agnes sugeriu uma data, uma quarta-feira às sete e meia da noite. Antes de ir, imaginei se a nova namorada estaria no apartamento com ela. Estava curiosa para saber quem seria, talvez uma mulher fina, uma médica, advogada, uma professora universitária conhecida, como a chefe de Melissa. Agnes era suficientemente admirável para conseguir uma mulher assim.

Agnes estava sozinha quando entrei no apartamento. Fazia mais de um ano que eu estivera ali pela última vez, para buscar meus móveis. A sala tinha uma pintura nova, e a mobília, um arranjo diferente. Havia mais espaço e uma mesa de centro que eu não conhecia. Agnes me ofereceu um café, sentei à mesa da cozinha, ela mostrou algumas fotos de sua última visita a Bruno no Canadá. Conversamos um pouco sobre ele e a mudança de Patrícia. Falei de meus planos sobre o mestrado, a decisão de sair da Escola da Fonte e ficar algum tempo sem trabalhar, apenas estudando.

— Você consegue? — ela perguntou. — Difícil imaginar você sem trabalhar.

— Um tempo pelo menos. Vamos ver o que acontece.

Perguntei sobre seu trabalho, e Agnes contou das últimas mudanças no sistema previdenciário federal. Havia agora uma nova portaria que permitia um benefício maior caso ela esperasse até 2016 para se aposentar. Receberia doze por cento a mais do que o salário-base de seu cargo, seriam incorporados os adicionais de qualificação. Mas ela ainda não decidira. Não queria trabalhar quatro anos além do já previsto.

Terminamos o café e ela me entregou a caixa com meus documentos e fotos. Abri para lembrar o que era. Um envelope com carteiras de motorista vencidas e meu primeiro passaporte, feito em janeiro de 1996, para a viagem à Disneylândia. Tentei buscar na foto do passaporte um sinal de como estávamos felizes naquela época, mas minha expressão era assustada como em todas as fotos dos meus documentos.

Fiquei menos de uma hora no apartamento. À porta, ao sair, preferi evitar o beijo de despedida, seria proximidade demais. Ela também não se manifestou e finalmente saí.

Passei alguns dias curiosa sobre a nova namorada de Agnes. Finalmente uma noite liguei para Bruno, conversamos um pouco e perguntei quem era ela.

— É uma moça — ele disse. — Eu não conheço.

— Tua mãe não contou nada?

— Só mostrou o perfil na internet. Você pode olhar se quiser. Eu te mando o link.

Eu agradeci e pedi desculpas pela indiscrição.

— É só pra ver a cara dela. Nada demais, só curiosidade.

— Você tem esperança de voltar?

— Não, Bruno. É só... enfim, nada demais.

Bruno me mostrou o perfil e observei por algum tempo depois de desligar. Era uma mulher de cabelos curtos e castanhos, parecia estar chegando aos quarenta anos. Agnes tinha já quarenta e cinco. Consegui ver apenas algumas fotos, o resto estava bloqueado. A namorada era magra, em duas fotos usava roupas largas de ginástica. Trabalhava numa empresa de informática.

Lembrei das conversas de Agnes antes de nos separarmos, seus planos de mudar para o Canadá, seu interesse por mulheres americanas e canadenses. Nada disso tinha acontecido. Um ano depois, ela continuava em São Paulo e tinha uma nova namorada parecida comigo.

27. Uma divisão justa

Depois da aprovação no mestrado, minha orientadora marcou uma reunião para planejar a pesquisa que começaria em agosto. Ela sugeriu que eu participasse de alguns seminários e começasse a frequentar as reuniões mensais de seu grupo de pós-graduação. Pediu que eu revisasse alguns tópicos do meu projeto e indicou outras leituras.

Embora eu nunca tivesse estudado num departamento de ciências humanas, lembrava bem do funcionamento de um grupo de pesquisa. Manter o planejamento, cumprir os prazos, seguir as indicações do orientador. Essa prática garantia o andamento básico do trabalho, independente do conteúdo.

O primeiro seminário em que me inscrevi aconteceria na Escola Superior de Administração Pública. O tema era economia da educação, especificamente a aplicação de "accountability" no sistema público de ensino. Minha orientadora explicou que havia um esforço de aproximação com esse grupo, embora historicamente tivessem visões opostas sobre a gestão da educação pública. Ela não se estendeu em detalhes. Apenas aconselhou que eu assistisse à sessão em que ela se apresentaria, para entender as questões envolvidas.

Eu li a programação do seminário, com os resumos de todas as palestras e mesas temáticas. Tentei entender o que estava em jogo, em linhas gerais. "Accountability" era um termo relativo a prestação de contas e responsabilidade civil, e implicava monitoramento de desempenho. Eu acompanhava nos jornais as polêmicas sobre incentivos e resultados na educação. O governo estadual desde alguns anos condicionava o aumento de investimentos nas escolas públicas à demonstração de resultados, alegando que o problema não era o valor investido (sua responsabilidade), mas o trabalho mal realizado (responsabilidade de diretores e professores). Grande parte da imprensa elogiava a cobrança de mais eficiência dos funcionários públicos, invertendo as demandas dos sindicatos por maiores salários. Por história pessoal, minha inclinação era concordar com os sindicatos. Embora eu soubesse que mais eficiência fosse desejável. A discussão era cansativa, pois me parecia que os argumentos dos dois lados mascaravam a tendência a responsabilizar sempre o outro.

Na programação, havia uma sessão sobre "Aspectos socioafetivos no processo de aprendizagem". Uma das palestrantes era Laura. Senti um frio no peito ao reconhecer o nome. Não comentei com Melissa.

Eu estava evitando conflitos desnecessários, porque planejava finalmente conversar com ela sobre as contas do apartamento. Passei alguns dias pensando em como agir. Esperei um horário tranquilo durante o fim de semana, quando estivéssemos descansadas. Queria ser delicada e gentil. Depois de meses apoiando a recuperação de Melissa, seria injusto comigo parecer mesquinha num tema em que eu tinha toda razão. Numa manhã de sábado, depois do café, comecei calmamente:

— Melissa, eu queria conversar uma coisa com você.

Ela assentiu, disposta:

— Diga.

— Acho que podemos combinar melhor as coisas aqui em casa, agora que você está mais organizada. Eu vou sair do meu emprego no final do mês, como eu te disse. Vou começar o mestrado e pedir a bolsa, talvez demorem dois ou três meses para aprovar. Então preciso controlar melhor os gastos.

— Sim.

— Eu pensei em algumas opções, para a gente dividir as contas. Entre o condomínio, a faxineira e a internet... pensei que podemos fazer uma divisão que seja justa para nós duas.

Melissa ficou quieta por um instante. Depois disse:

— Eu já ajudo com o supermercado.

— Eu sei. Mas as outras coisas... são 250 reais de condomínio, 150 para a faxineira, 100 de internet e TV a cabo. A gente poderia dividir meio a meio.

— Minha bolsa é de 900 reais. Com as contas e a comida, não vai sobrar nada.

— Mas é justo, não é? Nem tem aluguel. Quando eu me formei, eu pagava as contas e um aluguel.

— Você ganhava mais do que eu.

— Não tanto assim.

— Não sei o que te responder, Luciana. Não estava esperando por isso.

Melissa foi para o quarto, logo depois voltou com uma mochila. Disse que ia passar o dia fora, precisava de um tempo sozinha.

— Você vai sair assim? Estamos no meio de uma conversa.

— Você tem razão — ela disse, mal-humorada. — Eu preciso pagar alguma coisa. No próximo salário te dou o que você precisar.

Ela abriu a porta e saiu sem dizer tchau. Eu não esperava seu tom irritado e meio rancoroso. Melissa sabia que eu não era rica e trabalhava bastante para ganhar o que recebia. Quando me preparava para essa conversa, imaginei uma reação culpada ou algum melodrama. Melissa pediria desculpas por não ter percebido antes ou talvez, se quisesse prolongar sua situação confortável, tentaria despertar minha pena fazendo-se de coitada. Mas, sem nenhum sinal de remorso, ela apenas ficou ofendida como se fosse ela a me prestar um favor, e não o contrário. Talvez ela quisesse ir embora e fosse um sacrifício pagar para morar onde não queria. Mas se fosse isso, por que não ia?

Eu esperei acordada até ela voltar naquela noite. Quando chegou, sua irritação já tinha passado.

— Desculpe — ela disse. — Eu não queria brigar contigo.

— Eu sei que é um assunto chato. Mas minha situação vai mudar. Eu precisava te avisar disso.

— Eu sei.

Depois de um silêncio, ela falou, num tom mais alegre:

— Vamos beber alguma coisa?

Abrimos uma garrafa de vinho, Melissa apagou a luz e colocou uma música bonita. Dançamos um pouco, transamos no sofá da sala, pedimos uma pizza e assistimos a um pouco de TV antes de dormir.

28. A verdade das coisas

Fazia quatro meses que Patrícia e Heloísa estavam morando em Ilhabela. Antes da mudança eu temia que as duas desaparecessem da minha vida, mas Patrícia passou a me telefonar com certa frequência. Sentia-se entediada na ilha, sem as companhias habituais para beber e conversar. Seus amigos de litoral, das casas bonitas que elas frequentaram durante anos, quase todos moravam em São Paulo. Agora que estava na ilha todos os dias, Patrícia os encontrava menos do que imaginava.

Fora de temporada, o restaurante em Ilhabela tinha movimento moderado. Patrícia subia a São Paulo duas vezes por mês para negócios de rotina com fornecedores e outros assuntos eventuais. Heloísa a acompanhava para visitar a mãe e amigos. Marta, mãe de Heloísa, completara oitenta anos e ainda vivia em seu próprio apartamento, apenas com uma acompanhante que cuidava de sua alimentação e remédios. Tinha diabetes e os músculos fracos, mas nada grave.

Saímos para jantar, eu e Patrícia, depois de algum tempo sem nos encontrarmos pessoalmente. Ela estava bronzeada, um pouco mais magra, o cabelo mais curto.

— Ainda estou me acostumando com a rotina nova. Nossa casa fica longe do restaurante, preciso atravessar metade da ilha. No verão o trânsito foi insuportável, teve dia que passei uma hora e cinquenta minutos no carro! É absurdo ficar parada no sol, num cenário daquele.

Ela perguntou minhas novidades e contei que sairia da Escola da Fonte no final daquele mês.

— Quero ficar pelo menos até o fim do ano sem trabalhar, só estudando.

— Mas pra que isso? Você consegue estudar e trabalhar ao mesmo tempo.

— Eu mereço um ano sabático, não mereço?

— Pra quê? Você está muito estressada?

— Na verdade, não. Só quero um tempo para pensar.

— Você não precisa de oito meses para pensar.

Eu insisti no meu projeto:

— Bem, é um plano. Trabalho desde os dezoito anos. Posso parar um tempo, não tem nenhum drama nisso.

— Acho um desperdício. Você vai viver com uma bolsa de 1.500 reais? É ridículo.

— Tenho dinheiro guardado.

— Tem porque trabalhou. Agora é sua idade de ganhar dinheiro. Não vejo nenhum sentido em parar no tempo pra ficar pensando na vida.

Patrícia expressava suas opiniões com uma segurança muito particular, com bom humor e ao mesmo tempo impaciente, meio desdenhosa. Ela achava que eu deveria investir em fundos imobiliários ou ao menos comprar outro apartamento, para ter uma renda de aluguel. Uma renda financeira equivalente ao meu salário, segundo ela, era uma meta razoável para os próximos dez anos.

— Talvez você tenha razão — eu disse. — Vamos ver o que acontece.

Encerrado temporariamente o assunto trabalho, contei a Patrícia sobre a futura palestra de Laura no seminário de educação.

— Agora vejo o interesse desse mestrado — ela disse. — E a sua hóspede, como anda?

Quando estávamos somente nós duas, Patrícia não se referia a Melissa como minha namorada. Dizia mocinha, garota, hóspede. Sua amizade por mim sempre sugeriu uma atração disfarçada, mas ela nunca manifestou nenhuma intenção de trair Heloísa, nem eu ouvi histórias a esse respeito. A atração se manifestava no desprezo recorrente pelas mulheres com quem eu saía.

Falei um pouco de meu desencanto com Melissa.

— Uma hora ou outra vou ter que resolver isso. Mas é difícil. Sei lá. Às vezes é tão claro que estou numa furada. Mas a gente transa e de repente eu penso "só mais um pouco, que mal faz, não tem ninguém me esperando do outro lado".

— Bem... mas tome cuidado. Heloísa gosta da menina. O que você fizer, faça com elegância.

— É. Eu sei.

O destino resolveu minha indecisão quando eu menos esperava.

O seminário sobre economia da educação aconteceu numa sexta-feira. Assisti pela manhã à apresentação de minha orientadora, depois ela se juntou a um grupo de outros professores e entendi que estava dispensada. Almocei ali perto e voltei à tarde para a sessão em que Laura se apresentaria. Eram três palestrantes e um mediador. Prestei pouca atenção ao que era dito. Fiquei na primeira fila da plateia olhando

Laura, ouvindo sua voz quando ela falava, observando seu rosto quando ela escutava.

Eu me sentia bem olhando a professora que despertara tanta atenção em Melissa. Era uma pequena vingança, minha discreta vitória.

Quando a sessão acabou, algumas pessoas se reuniram em torno dos palestrantes com perguntas e observações. Eu esperei entre os alunos, como se também tivesse uma pergunta. Finalmente o público se dispersou e me aproximei enquanto Laura se despedia de uma colega.

— Oi — eu disse. — Sou amiga de uma antiga aluna sua. Melissa. Sobrinha da Heloísa Valente.

Laura sorriu:

— Ah, sim, claro.

Depois do primeiro sorriso, ela pareceu insegura sobre como reagir.

— Eu só vim me apresentar. Eu e Melissa dividimos o apartamento. Ela gosta muito de você.

Eu tivera tempo de escolher as palavras enquanto esperava. Poucas frases, simples e inofensivas, para desarmar qualquer receio.

Laura relaxou e sorriu de novo.

— Que bom. Fico feliz — ela disse.

— Gostei muito da sua apresentação. Foi muito útil.

— Ah, que bom. O que você estuda?

— Sou da área de estatística. Mas trabalhei muito tempo com educação.

Foi então, quando pensei que o assunto iria acabar, quando estava confiante acreditando que trapaceava Melissa numa disputa imaginária pela mesma mulher, que Laura completou:

— Melissa está se adaptando melhor no trabalho. No início ela ficou meio perdida, mas agora está animada.

A frase me derrubou de rasteira.

— No trabalho?

— Sim, no Instituto.

— Ah, sim, com a professora Maria Cecília — completei, tentando recompor meu domínio da situação.

— Isso. Eu e Maria Cecília trabalhamos juntas.

Laura e Maria Cecília trabalhavam juntas como chefes de Melissa? Antes que eu pudesse fazer outra pergunta, uma professora se aproximou, indicando que estava saindo. Laura se despediu de mim com um último sorriso.

— Eu já estou indo. Mande um abraço para Melissa e Heloísa.

Voltei para casa explodindo, passei todos os faróis amarelos e alguns vermelhos como se dirigisse um camburão com a sirene ligada. Quando cheguei, Melissa estava no sofá assistindo televisão. Joguei a bolsa sobre a mesa e já comecei gritando:

— Você está trabalhando com a Laura?!

— O quê?

— Você está trabalhando com ela e não me disse nada? Eu não acredito que você fez isso!

Melissa se levantou:

— Calma, Luciana.

— Você é uma filha da puta. Eu nunca vi tanta cara de pau!

— Qual o problema? É só um trabalho.

— Ah, agora começa o discurso novamente.

— Mas é verdade.

— A verdade é que você é uma sacana. Uma egoísta filha da puta.

Melissa fechou a cara e não disse nada. Isso me irritou ainda mais.

— Você não tem nada pra me explicar?

— Explicar o quê? É um trabalho. Eu preciso de um emprego.

— Na tua cabeça faz sentido, claro. Tudo está certo porque é o que você quer. Você só me conta as coisas quando são úteis pra você.

— Eu conto o que posso, senão você faz escândalo.

— Agora está clara a verdade das coisas. Você mentiu de cara lavada.

— Eu tentei falar com você! Eu sempre tentei me explicar.

— Tadinha. Que vítima você é!

— Não é você que está se fazendo de coitada? O que aconteceu de tão errado de fato? Por que agora esse discurso todo?

— Sai daqui agora, Melissa. Faça esse favor. Essa casa é minha e eu quero ficar sozinha.

Melissa não fez drama. Foi para o quarto, pegou a mochila e saiu.

29. Noite na rua

Não consegui ficar em casa. Peguei o carro e dirigi por quase uma hora até me acalmar um pouco. Liguei para a minha mãe e perguntei se podia dormir na casa deles, com a desculpa que estava numa reunião por perto.

Acho que minha mãe desconfiou, logo que entrei, que não houve nenhuma reunião. Ela foi atenciosa e não disse nada, apenas me ofereceu um pouco de arroz-doce e perguntou se eu queria assistir à novela com ela.

No intervalo comercial, ela perguntou:

— Tudo bem com você, filha?

— Tá indo, mãe. Tá médio, mas tá indo.

A novela recomeçou e continuamos a assistir. A mãe às vezes me olhava, queria puxar conversa, mas eu não facilitei. Eu não poderia explicar nada. Talvez ela quisesse ajudar, mas a possibilidade não existia nas circunstâncias. Então ela disse algo que nunca tinha me contado antes:

— Quando eu trabalhava na fábrica, uma colega era assim que nem você.

Não perguntei nada, com medo do que viria. Ela continuou:

— Ela nunca se casou. Morava com uma amiga. Dizia que eram primas.

— Que mulher era essa, que eu nunca vi?

— Ela foi presa no ano da greve. Depois se mudou.

— Coitada.

— Era muito inteligente. Aprendi muito com ela.

Deitei para dormir no meu antigo quarto e fiquei algum tempo tentando ler um velho almanaque sobre a história do rock (minha mãe ainda guardava as revistas que eu colecionava no colegial). Mas não conseguia me concentrar nas palavras. Minha cabeça estava pirando na retrospectiva obsessiva de tudo que acontecera entre mim e Melissa. Em menos de dois anos, eu estava novamente no inferno das separações.

Voltei para o apartamento apenas no fim do dia seguinte, depois de passar o dia todo com meus pais. O lugar estava diferente. A sala parecia mais limpa, mas não percebi de imediato o que acontecera. Apenas no quarto entendi. As portas do guarda-roupa estavam abertas e as prateleiras que tinham as coisas de Melissa agora estavam vazias. Voltei para a sala e verifiquei a estante e o móvel da TV. Ela havia levado seus livros, cadernos, todos os papéis e objetos. A paisagem horrível em veludo escuro (escondida na lavanderia) também tinha ido.

Então, é isso. Então acabou. Por alguns instantes foi só o que pensei. Pronto. Acabou. É isso.

Depois, entre irritada e defensiva, eu quis ouvir a voz de Melissa dizendo as coisas claramente. Levar a mudança enquanto eu estava fora não era suficiente. Faltavam frases completas, com sujeito, verbo e predicado, para encerrar tudo de uma vez.

Liguei para seu celular, mas ela não atendeu. Procurei na agenda os outros números possíveis: os pais em Santa Bárbara, Camila, tia Solange. Comecei pela amiga:

— Camila, você sabe da Melissa? O celular dela não está atendendo.

Camila disse que não sabia. Foi meio seca e poderia estar mentindo. Eu insisti o possível sem ultrapassar os limites de cortesia, mas ela repetiu que não sabia de nada. Parecia improvável que Melissa tivesse ido direto para a casa dos pais, para onde ia raramente, mas eu quis eliminar todas as possibilidades e telefonei para eles também. Fiz esforço para soar natural e não despertar suspeitas:

— Aqui é a Luciana, amiga da Melissa. Ela por acaso deixou algum recado com vocês? Não estou conseguindo ligar para o celular dela.

Mas ela também não dera notícias aos pais.

Pensei afinal que devia insistir no celular. Se ela não atendeu porque reconheceu meu número, merecia alguma insistência. Liguei três vezes em sequência e nada. Esperei dez minutos e liguei de novo. Depois outra vez, em meia hora. E repeti uma hora depois. Soaram todos os toques até o fim. Finalmente deixei um recado de voz e mandei uma mensagem de texto:

"Melissa, liga pra mim. Só quero conversar, na paz."

Ela ligou quarenta minutos depois.

— Oi.

— Oi.

Ficamos as duas um tempo em silêncio.

— Você saiu sem me dizer nada?

— Desculpa. Eu ia deixar um bilhete. Mas não sabia o que escrever.

— Onde você está?

— Deixei minhas coisas no sítio da Heloísa.

— E onde você está?

— Estou na rua. Preciso andar um pouco.

— Eu não mandei você embora definitivamente. Do jeito que você saiu, parece que te expulsei.

— Eu sei. Não é culpa sua.

— Você vai passar a noite na rua?

— Não sei, Luciana. Tanto faz. Depois eu penso nisso.

Houve mais um silêncio. Pensei em pedir que ela voltasse para casa, para conversarmos, ela poderia dormir no sofá e depois procuraria com calma um lugar para ficar. "Faça com elegância", Patrícia tinha dito. Mas eu não sabia o que era elegância nesse caso. Talvez fosse melhor não reagir, deixar as coisas como estavam.

— Você ficou muito brava comigo? — ela perguntou.

— Por qual motivo especificamente?

— Por eu sair sem avisar.

— Não, isso não foi o pior.

Ela demorou para continuar:

— A gente não se ama, Luciana. Nem eu nem você. Eu queria estar apaixonada, mas não aconteceu. É melhor eu ir embora antes que você comece a me tratar mal.

— Isso não é verdade. Eu estava apaixonada. Achei que você estava também.

— Obrigada por dizer isso — ela demorou para continuar. — Ninguém nunca se apaixonou por mim.

Sua voz sincera me comoveu. No momento em que tudo estava quase encerrado, surgiu a mínima esperança de que ainda houvesse um jeito, um amor verdadeiro que pudéssemos redescobrir na última hora. Mas me contive e disfarcei qualquer indício de arrependimento.

— Me avisa quando você estiver instalada em algum lugar — eu disse. — Fico preocupada de imaginar você perdida por aí.

— Não se preocupe. Estou bem.

— Está mesmo?

— Estou.

— Ligue para Heloísa quando puder. Ela também vai ficar preocupada.

— Tá bom. Eu ligo.

Desliguei o telefone chorando, olhei a parede vazia atrás da televisão. Num instante tive saudades daquela cabana, do lago, das araucárias naquele quadro preto horroroso.

30. Sofá-cama

Logo depois de desligar, a comoção se dissipou e me senti ridícula por meu tom preocupado e protetor. Melissa saíra de casa na noite anterior, ela teria dormido em algum lugar. Mas talvez não. E se estivesse na rua, como ela disse, caminhando sem rumo, desanimada com a vida, desde a nossa briga? Poderia ter uma recaída da depressão? Heloísa me odiaria se algo acontecesse, e eu não estava disposta a receber essa culpa. Num súbito ataque de responsabilidade, consumida pela culpa, pensei nas estratégias possíveis, em quem poderia me dizer onde Melissa estava. Não adiantaria ligar para os amigos dela: por lealdade, não me contariam mais do que ela própria tinha dito. Eu mesma estava me sentindo meio perdida, precisava de alguém do meu lado da história, que se importasse mais comigo do que com ela.

Finalmente lembrei de Maura, namorada da amiga de Camila. Era minha colega dos velhos tempos, teria um companheirismo de geração. Além disso, fofoqueira entusiasta, ela não se incomodaria de falar tudo o que soubesse só para ver o circo pegar fogo. Eu não sabia seu telefone, mas tinha o contato em uma rede social. Liguei o computador e mandei um recado. Maura estava conectada e logo me respondeu.

"Eu e Melissa terminamos", digitei. "Ela saiu de casa ontem e não me disse onde está."

"Você tá mal?", ela perguntou.

"Na verdade não muito. Só não quero passar por idiota."

"Hahaha. Entendo totalmente."

"Você tá sabendo de alguma coisa?"

"Não. Mas dá um tempo que vou tentar descobrir."

Eram onze horas da noite. Fui dormir sem notícias. Custei a pegar no sono e acordei algumas vezes durante a madrugada, com sonhos agitados. No dia seguinte Maura me escreveu. Melissa estava no apartamento de uma amiga de Camila, era uma república em que moravam a amiga, o irmão da amiga e uma amiga da amiga. Um apartamento na Vila Mariana. Perguntei se Maura conseguiria o telefone desse apartamento, por segurança. Garanti que não iria fazer nenhum escândalo, e Maura me passou o número.

Logo em seguida telefonei para Patrícia em Ilhabela. Eu esperava que ela estivesse em casa, mas foi Heloísa quem atendeu, Patrícia já havia saído para o restaurante. Conversamos um pouco, perguntei das notícias e finalmente contei sobre Melissa. Heloísa não sabia dos acontecimentos recentes.

— Ela não me falou nada. Disse que ia passar no sítio, mas não deu nenhum detalhe.

— Ela está na casa de uma amiga. Não precisa se preocupar.

Heloísa perguntou o que havia acontecido, se houve uma briga ou tinha sido comum acordo. Ela parecia consternada, disse que Melissa estava bem comigo e agora talvez se complicasse novamente. Precisei demonstrar alguma comoção:

— Melissa é uma ótima garota. Ela vai encontrar o caminho dela.

— Espero que sim — ela concluiu, lamentando.

Ao final da conversa, Heloísa me pediu para avisar caso eu tivesse qualquer notícia. Ela anotou o telefone da amiga na Vila Mariana e disse que ligaria para oferecer ajuda. Deixaria o sítio em São Lourenço à disposição se Melissa quisesse. Talvez consciente da repetição, do sítio oferecido em mais uma separação, ela se atrapalhou um pouco antes de desligar. Finalmente me convidou a passar o fim de semana em Ilhabela qualquer dia desses. Eu agradeci e disse que iria assim que possível.

31. Carta de demissão

Alguns dias depois, quando cheguei do trabalho, o telefone estava tocando. Me apressei para atender ao abrir a porta. Era uma mulher procurando por Melissa. Não disse o nome e não reconheci imediatamente a voz.

— Quem é? — perguntei educadamente. — Quer deixar um recado?

— É a Laura, professora dela. É sobre o trabalho. Ela não veio nos últimos dias. Eu queria saber se aconteceu alguma coisa.

— Aqui é a Luciana, talvez você se lembre. Nós nos conhecemos no seminário de educação.

— Ah, sim — ela disse.

Era esquisito responder civilizadamente a um telefonema de Laura, depois de tudo o que acontecera. Mas fiquei feliz de saber que Melissa tinha desaparecido do trabalho. Era finalmente um sinal de culpa. Para descobrir mais detalhes, me mostrei disposta a ajudar:

— Melissa passou alguns dias fora — eu disse. — Acredito que foi visitar a família.

— O celular dela mudou? Não consigo ligar.

— Talvez seja um problema de sinal. Ele não funciona bem no interior.

Foi o máximo que consegui blefar. Laura ficou em silêncio e temi que desligasse. Felizmente, para mim, ela continuou:

— Melissa deixou uma carta pedindo demissão. Fiquei preocupada, talvez tenha sido um impulso. Eu queria falar com ela pessoalmente. Se você puder, diga isso a ela.

— Claro, fique tranquila. Ela tem seu número?

— Ela pode ligar aqui no instituto, no período da tarde.

— Está bem.

Agora eu tinha um motivo para falar com Melissa. Procurei o papel em que anotara o telefone do apartamento na Vila Mariana. Resolvi ligar direto e arriscar. Eu não sabia o que dizer, mas tive a súbita certeza de que uma última conversa era importante. Lembrei das frases de Agnes, naquele dia fatal, nosso último dia juntas. "Não tem volta. Nesse ponto em que chegamos, nenhuma recaída seria solução. Tentamos o que era possível. Não tem nada mais pra fazer."

Pensei que Melissa e eu precisávamos também de um diálogo assim, maduro e fatídico. Um encerramento digno para estancar qualquer dúvida, qualquer arrependimento futuro. Telefonei para o apartamento. Um rapaz respondeu e eu me apresentei.

— Oi. Sou uma amiga da Melissa. Ela está por aí?

O rapaz perguntou algo para alguém por lá. Depois de um tempo, o telefone emitiu alguns barulhos de passos e portas. Por fim Melissa atendeu.

— Alô.

— Oi, sou eu, Luciana.

— Como você conseguiu este número?

— Não foi difícil.

Tentei escolher as palavras para transmitir alguma tranquilidade:

— Melissa, não acho certo a gente terminar assim, sem conversar direito. Nós moramos um ano juntas. Eu queria te ver uma última vez, pra gente se falar de verdade, encerrar as coisas.

— Mas o que você tem pra me dizer?

— Vamos marcar pessoalmente.

— Por quê? Fala. Estou ouvindo.

Resolvi mudar de estratégia e perguntei se ela não tinha nada a me dizer.

— Talvez eu tenha errado — ela falou. — Mas essa história da Laura nunca foi nada. Fui boba de contar tudo pra você. Você não me contou quase nada da sua vida. Só eu falei como uma idiota.

— Talvez seja a diferença de idade.

— Por que, eu sou mais nova e mais burra?

— Desculpe, não quis dizer isso. É que... quando eu era mais nova, acho que eu falava mais.

— Bem. Talvez fosse melhor.

— É. Talvez.

Ela demorou um pouco e então disse:

— De todo modo, isso não ia dar certo. Quer dizer, olha... Se você faz questão, posso te encontrar pra essa última conversa. Mas acho estranho. Só ia complicar.

— Acho que você tem razão. Eu só queria... enfim, não sei o que eu queria.

Eu ainda disse, antes de desligar:

— Sua professora Laura ligou. Ela está preocupada porque você pediu demissão.

— Paciência. São Paulo já deu pra mim.

— Bem. Eu dei o recado.

— Obrigada.

— Se cuida, viu? Não fica se metendo em roubada.

— Falar é fácil.

— Procure alguém que goste de você. O mundo é grande.

Ela concluiu:

— E mal frequentado.

Foi nossa última conversa. Apesar de tudo, Melissa ainda conseguiu me fazer sorrir com seu último comentário. Desliguei o telefone triste, comovida e sozinha.

32. Uma pasta fina

Aquela foi a segunda semana de maio. Maria Sílvia já havia encontrado alguém para me substituir na Escola da Fonte. Na segunda-feira seguinte, fiz o exame médico demissional e assinei os documentos de rescisão do meu cargo. Limpei minha escrivaninha e voltei para casa com uma pasta que encerrava meus doze anos de trabalho ali. Era uma pasta fina. Além dos recibos e documentos da demissão, havia apenas uma lapiseira e duas canetas. Nunca gostei de porta-retratos nem enfeites na mesa de trabalho.

Fazia dez dias que Melissa saíra do apartamento. Faltavam ainda dois meses para o início das aulas de mestrado. A perspectiva dos dias vazios me assustou um pouco.

Na primeira manhã em casa organizei o guarda-roupas, reocupando as prateleiras livres depois que ela levou suas coisas.

Eu lembrava dela constantemente, como a fadiga muscular depois de um treino excessivo para maratona. No esporte, o esforço maior que nossa capacidade causa dor, cansaço e sensação de fraqueza. Entre nós, depois do tumulto e do ciúme, restou apenas a melancolia.

Os meses passados agora me pareciam diferentes. Apesar da depressão e da apatia, Melissa era leve. Mudava rápido de humor, não acumulava raiva contra os outros. Seu temperamento era o oposto de Agnes, controlada mas constantemente tensa.

Por que eu senti tanta atração, aos vinte e cinco anos, pela vida madura e estável de Agnes? Por que abandonei tão rápido meus anos de paquera por uma vida caseira, com esposa e enteado adolescente?

Na escola estadual de Osasco, no segundo colegial, a professora de matemática me deu um conselho mal-humorado. Resignada ao contato difícil com alunos, o papel de amiga lhe pesava. "Você consegue entrar numa universidade pública", ela disse. "Não vai passar em medicina mas tem outros cursos. Matemática é pouco concorrido."

Na época do vestibular minha mãe me vigiava para ter certeza que eu estava estudando. "Pra lavar a louça, já basta eu", ela dizia. Quando ouviu meu nome no rádio, na lista dos aprovados, ela gritou com raiva, como se fosse uma revanche. Meu pai reforçava: "Faça como sua mãe diz e estude".

A universidade me separou definitivamente do mundo de meus pais. Na palestra de abertura, um professor com forte sotaque estrangeiro disse: "Se não fizermos uma escolha para a vida toda, é melhor não começar". Mas qual escolha dura até o fim? Que destino sobrevive a uma vida inteira?

A universidade me libertou do papel de filha. Os bares substituíram minha vida de estudante. Agnes me afastou dos bares. Melissa encerrou minha vida doméstica com Agnes. E nessa mudança eu seguiria sozinha.

Engraçado como lembramos de coisas aleatórias. De

tantas frases e histórias que Melissa me contou, eu lembrava principalmente disto: "Pessoas solteiras se apaixonam uma vez por ano. Pessoas casadas se apaixonam uma vez a cada três anos". As coisas mudam, rápido ou devagar, mas mudam.

Eu não sabia o que viria. Estava por minha própria conta, em meu mundo mais simples. Meu apartamento pequeno. Meus dias livres. Minha nova carteira de estudante.

Estudei os itinerários para ir à universidade e concluí que a melhor opção era uma linha de ônibus que passava na rua Amaral Gurgel. O ponto final ficava perto do meu apartamento, eu poderia ir sentada e aproveitar o tempo para ler.

33. Descanso e esperança

Fazia algum tempo que eu não andava de ônibus, porque a Escola da Fonte ficava no meio do bairro, distante das principais linhas de transporte público. Eu preferia não dirigir quando era possível. São Paulo é grande demais, tem carros demais e muito barulho. As ruas estão sempre congestionadas e as pessoas passam o dia falando das dificuldades no trânsito. Assuntos que não me interessam, nem para reclamar.

Resolvi frequentar a biblioteca da universidade enquanto as aulas não começavam, para adiantar as leituras necessárias para minha pesquisa. Dissertações de mestrado precisam de capítulos teóricos e eu não tinha nenhuma prática nisso. Adiantando essa parte, ficaria mais fácil quando as aulas começassem.

Fiz o trajeto pela primeira vez numa terça-feira às dez da manhã. Depois do movimento inicial nas primeiras horas do dia, os ônibus ficavam quase vazios. Sentada, vi passar pela janela o bairro em que morei logo depois de formada, dividindo a quitinete com Marcos. O comércio e o tipo de gente nas ruas mudava desde o novo shopping. Antes havia mulheres de chinelo indo ao mercadinho, homens de bermuda nos bares, crianças. Agora eu via jovens adultos em roupas de escritório e gays bem vestidos. O bairro sempre teve gays, mas eram pobres antes.

Eu estava determinada a me readaptar ao mundo da universidade pública, mas senti falta das ruas calmas em torno da Escola da Fonte. Muitas plantas, jardins espaçosos. As casas eram grandes e as árvores faziam sombra nas calçadas. As crianças e os adolescentes eram bonitos, os pais se vestiam discretamente bem. Para chegar à universidade pública, depois das avenidas marginais, atravessei viadutos e cruzamentos poluídos e barulhentos.

Ainda na graduação eu havia lido um artigo sobre a história do campus, expandido no período do governo militar. Os cursos nobres, medicina e direito, não aceitaram a transferência para "o pântano", como chamavam o terreno depois do rio. Para mim, aos dezoito anos, o pântano era uma ascensão. Osasco ficava ainda mais longe. Agora, chegando aos quarenta, era novamente um apoio. Um descanso e uma esperança. Assistir às aulas, ler e conversar com pessoas inteligentes. Valia atravessar a cidade para isso.

Depois da aula eu tinha a noite livre. Sem Melissa, sem a necessidade de dormir cedo porque não iria trabalhar no dia seguinte, telefonei para Marcos e perguntei se ele queria fazer alguma coisa. Ele me convidou para jantar em seu apartamento.

Marcos estudou pedagogia, mas prestou um concurso público para oficial de justiça logo depois de formado. Daniel, seu namorado, era fisioterapeuta. O apartamento dos dois era bonito e bem cuidado, Daniel cozinhava bem. Eram minha família de juventude, embora eu os visitasse pouco. Sentamos na sala e Marcos serviu algumas castanhas e salgados, enquanto preparava uma bebida. Ele gostava de coquetéis, comprava frutas frescas na feira, fazia caipirinhas com limão-rosa e limas-da-pérsia.

— Então temos novidade — ele disse. — Dona Luciana está sozinha, coisa raríssima na história desta cidade.

— Não espalha. Vai acabar com minha reputação.

— Vou aproveitar, porque essa fase passa logo.

Daniel circulava entre a sala e a cozinha, bebendo um pouco e vigiando a comida. Preparava um ensopado de carne com vinho que cheirava bem.

— Não exagera na vodka porque amanhã é quinta-feira — ele disse para Marcos.

— Está levinho. É bebida de moça.

Conversamos à toa sobre programas de televisão e video games. Marcos e Daniel adoravam seriados, boliche e parques de diversão. Falaram com empolgação de um certo Dance Revolution, um enorme fliperama para dançar que havia no shopping center. As meninas e adolescentes faziam fila no fim de semana.

— Não tenho mais idade para dar esse vexame. Mas é demais.

— No Japão lançaram um video game que capta os movimentos.

— Você dança e ganha pontos quando acerta os passos.

Também contei a aventura com Melissa, começando pelo fim, a descoberta patética da mentira sobre Laura. Expliquei os fatos retrospectivamente e exagerei no drama para eles se divertirem. Apesar do tom teatral, eu estava triste e eles perceberam.

— Pelo menos ela pediu desculpas?

— Acho que sim. De certo modo.

— Que pilantra.

— Sei lá. Tenho a impressão que passei esse ano meio doida. Só agora a poeira está baixando.

— É isso mesmo, o povo se separa e fica doido. Rola um surto muito louco.

— Por que será?

— Os mano quer tirar o atraso e pira na maionese.

Eu gostava de ouvir as gírias de Marcos. Era nosso vocabulário de Osasco, desde adolescentes.

No dia seguinte acordei com um pouco de ressaca. Fiquei algum tempo na cama com preguiça de levantar. A sensação de estar sozinha, sem emprego, sem obrigações urgentes, era uma liberdade muito íntima e modesta. Naquele momento eu não precisava ganhar o pão de cada dia com o suor do meu rosto. Não precisava da ajuda de ninguém e ninguém precisava de mim. Eu tinha o suficiente para os próximos meses, poderia ficar viva sem fazer maior esforço.

Liguei o computador e li algumas notícias sem muita ordem ou atenção. Olhei algumas fotos de Melissa como se tudo estivesse muito distante. Eram poucas, quase não tiramos fotos juntas. Abri uma pasta para o ano 2005 e guardei todas ali, para não encontrá-las por acaso.

Alguns dias depois, Patrícia me telefonou. Um amigo seu era sócio de uma editora de livros acadêmicos e precisava de um gerente administrativo e financeiro.

— Posso te indicar? O salário não é muito alto. É uma editora pequena. Mas é séria.

Demorei um instante, com preguiça de responder.

— Qual a situação deles?

— Nada fora do normal. Teve um funcionário no cargo por muito tempo, um senhor que se aposentou e quer morar no interior. Ele está trabalhando até encontrarem um substituto. A equipe é pequena, ele faz tudo sozinho.

— Onde fica o escritório?

— É perto da tua casa. Na rua Sete de Abril.

Depois de alguma insistência de Patrícia, concordei que ela indicasse meu nome.

— Mas não prometo nada — eu disse.

34. Festa junina

Cerca de um mês depois de sair da Escola da Fonte, comecei a trabalhar novamente. Não era exatamente o que eu havia planejado, mas um emprego honesto não faz mal a ninguém. O dono da editora simpatizou comigo e eu gostei do lugar. Pedi uma tarde livre por semana para as aulas de mestrado e ele concordou, parecia inclusive satisfeito. O escritório ficava num prédio antigo, com grandes escrivaninhas de madeira maciça. Meu pai gostava de móveis assim.

Enquanto me inteirava dos arquivos e relatórios, descobri que a editora tinha em seu catálogo um livro de autoria de Laura. Era um volume de introdução à psicologia, destinado a estudantes universitários. Estava na sexta edição e vendiam-se mil exemplares por ano. O último demonstrativo de direitos autorais fora enviado em abril e o próximo deveria ser encaminhado em outubro. Eu era a responsável agora, e faria um depósito na conta-corrente de Laura a cada seis meses.

No fim de junho era aniversário de Heloísa. Elas fizeram uma festa junina para comemorar, no sítio em São Lourenço da Serra.

Era uma tarde bonita, estavam as velhas amigas e algumas pessoas que eu não conhecia. Patrícia me apontou alguns artistas e as novas relações de Heloísa no circuito de artes. Era um encontro informal, várias pessoas estavam a caráter, com chapéu de palha, camisas xadrez e calças remendadas. Havia uma fogueira preparada para acender quando anoitecesse. Três empregados da casa serviam milho verde, pinhão, paçoca e cocadas.

Eu cheguei com fome, depois de passar a manhã fazendo exercícios no Parque da Água Branca. Bebi uma cerveja e comi pipoca enquanto conversava com a velha turma, depois escolhi um canto mais tranquilo para tomar um pouco de sol. Patrícia se aproximou e sentou ao meu lado para fumar um cigarro. Depois de alguns comentários sobre as pessoas da festa, abriu um meio sorriso e me contou algumas novidades de Melissa. Fazia um mês que ela estava morando novamente na casa dos pais em Santa Bárbara.

— Ela ligou para Heloísa alguns dias atrás. Uma amiga da Carolina tem uma escolinha para crianças, ela está trabalhando lá em meio período. Ah, ela quer escrever livros infantis.

— Olha. Que evolução.

— Parece também que ela está namorando um rapaz que foi colega dela no colegial.

— Não me diga.

Patrícia completou com sua ironia elegante para fofocas:

— Sabe o que mais? — perguntou com um sorriso. — Eles estão pensando em casar.

Eu sorri parcialmente e esperei o complemento da informação.

— O rapaz tinha uma paixão antiga por Melissa. É um jovem médico pediatra.

— Como o pai dela.

— Pois é.

— Será por acaso um rapaz que encontrei uma vez aqui no sítio?

— Pode ser. Heloísa conhece bem ele. É um garoto bonzinho.

Estávamos sentadas em duas cadeiras confortáveis no jardim. Uma das novas amigas chamou Patrícia de longe e ela fez um gesto de que logo iria até lá.

Sem ter mais o que dizer a respeito de Melissa, comentei:

— Meu pai dizia que as pessoas são como móveis. Todas são parecidas, mas só algumas são boas.

— E como isso se aplica ao caso? — Patrícia quis saber.

Eu sorri:

— Não se aplica. É só uma frase.

Depois que Melissa foi embora do meu apartamento, fiquei alguns meses apenas trabalhando e estudando, saindo à noite eventualmente. Às vezes ficava com alguma mulher numa festa, mas não investi muita energia nem encontrei ninguém surpreendente. Foi o tempo de descanso que eu deveria ter aproveitado depois de Agnes, mas na época não consegui.

Essa tranquilidade envolvia também as lembranças de Melissa. Era gostoso relembrar os primeiros tempos que passamos juntas, a delicadeza juvenil de nossos encontros.

Na editora eu era responsável por toda a área financeira e administrativa, e resolvia também alguns problemas de documentação da área editorial, se fosse necessário. Era uma equipe pequena: os dois sócios, aproximando-se dos setenta anos, um jovem assistente editorial e alguns colaboradores avulsos. O catálogo era formado principalmente de obras de referência nas áreas de artes e humanidades. Havia alguns projetos de novas coleções, mas o trabalho seguia lentamente por causa da equipe pequena.

35. Valdelis

Em setembro daquele ano de 2006, a editora começou a organizar uma coleção com entrevistas de pensadores brasileiros do século XX. Cada volume se concentraria num autor, entre os quais havia compositores de música popular, artistas plásticos, urbanistas e ambientalistas. Os livros recuperavam entrevistas concedidas nas últimas décadas em vários jornais e revistas.

Eu ajudava na elaboração dos contratos a partir de um modelo básico fornecido pelo advogado (velho amigo dos editores). Um dos primeiros nomes confirmados foi o de Laura, pois sua *Introdução à psicologia* era um dos principais títulos no catálogo da editora. Ficou sob minha responsabilidade organizar as autorizações de republicação com todos os autores das entrevistas originais. Entrei em contato com Laura pelo e-mail do Instituto, e ela me indicou sua assistente acadêmica para ajudar. Era alguém de nome Valdelis, e imaginei uma mulher baixa e feia, uma secretária antiquada com varizes nas pernas.

Mas Valdelis era eficiente e procurou entusiasmada todas as informações que pedi. Mandei a lista de entrevistas que o editor tinha selecionado, ela conseguiu todos os contatos das publicações originais, desculpando-se pela demora, porque precisou checar na biblioteca as entrevistas antigas que Laura tinha apenas em fotocópias. Foram dois meses de e-mails e telefonemas até que o contrato ficou pronto e enviei por e-mail para Laura assinar. Então, certa tarde, sem aviso prévio, o meu telefone na editora tocou. Valdelis perguntava se poderia me trazer o contrato assinado pessoalmente, pois ela morava perto e seria mais fácil passar na editora do que ir ao correio.

Quando Valdelis entrou na minha sala, fiquei surpresa. Era uma mulher de uns trinta anos, magra, não exatamente bonita, mas com olhar inteligente e expressivo. Uma das primeiras coisas que disse, quando sentou à minha frente e estendeu o contrato, foi:

— Sabe que várias vezes passei aqui na frente e fiquei imaginando como seria sua sala? Nós conversamos tanto por telefone que fiquei curiosa.

Suas roupas sérias, de gênero neutro, indicavam com razoável probabilidade que fosse gay. A pista ainda mais evidente foi seu olhar de interesse.

— Vi suas fotos no Facebook — ela disse. — Desculpa a invasão. É que gostei da sua voz.

Ela foi discreta e ainda assim me senti uma virgem, intimidada pelo galanteio. Eu não estava acostumada a levar cantadas. Não era ruim, claro. Depois disso fiquei pensando se deveria investir. Ela não tinha um rosto bonito, mas também não era feia — meio desajeitada mas charmosa, uma expressão viva. Lembrava um pouco Letícia, minha namorada na faculdade. A possibilidade me interessava e, ao mesmo tempo, eu precisava ser cuidadosa. Se nós saíssemos e não rolasse, ficaria um clima ruim na produção do livro, que ainda levaria meses.

Mas… um telefonema não machucava ninguém. Procurei um programa intelectual, que eu pudesse justificar por puro interesse acadêmico, se desistisse de paquerar. No caderno cultural indicavam uma exposição de Marina Abramovic, mas achei erótico demais. Shows musicais, espetáculos de dança — tudo sugeria intimidade. A opção mais neutra era um documentário sobre o aquecimento global, *Uma verdade inconveniente*.

Telefonei em horário de trabalho e convidei Valdelis, sem muita ênfase:

— Estou pensando em ir no sábado. Você topa?

Quem está familiarizada com estratégias de encontro entende o significado de um convite morno. Mas Valdelis ignorou minha precaução:

— Vamos sim, claro! Mas eu queria tanto ver a exposição da Marina Abramovic. Você vai comigo depois?

Eu me rendi. Fomos ao cinema no sábado e à exposição no domingo. Depois — sem que ainda trocássemos um beijo — ela me chamou para comer pizza no apartamento dos seus pais.

— Minha mãe faz uma pizza imperdível. Você precisa experimentar!

O pai de Valdelis era zelador. O casal morava no apartamento térreo do prédio em que ele trabalhava, um edifício antigo e espaçoso na Bela Vista. A pizza de mussarela era realmente surpreendente — massa grossa, leve, queijo e molho no ponto. A mãe aprendeu quando era faxineira numa pizzaria tradicional do Brás. O segredo, disse, era um copinho de pinga na massa.

Valdelis conhecera Melissa nos primeiros anos na faculdade, apenas de vista. Fizeram uma disciplina na mesma classe, mas nunca conversaram. Ela assumiu a vaga no Instituto logo depois que Melissa saiu. Adorava o emprego. Fizera a faculdade com bolsa parcial, estudando à noite, pagando o curso com o próprio salário. Seus pais gostavam de samba e eram bem-humorados, eu me senti tranquila naquele ambiente familiar.

Fazia tempo que eu não namorava alguém de origem parecida com a minha. Eu podia voltar, aos trinta e sete anos, à vida que tive no cursinho e na faculdade. Mas tudo agora estava melhor: eu morava em um apartamento próprio, trabalhava num emprego razoável. E Valdelis se mostrava mais bonita, cada vez que eu a encontrava. É difícil explicar por que isso parecia verdadeiramente meu, enquanto a vida entre Agnes, Heloísa e Patrícia soava meio emprestada. Ninguém nunca me ofendeu, concretamente eu tinha direito de estar lá. Mas nada se tornou familiar: eu apenas tinha autorização para viver num país estrangeiro.

Ser recebida pela família de Valdelis trouxe uma tranquilidade que eu desconhecia. Abria-se a névoa que carreguei por muito tempo. Eles sabiam. Ficávamos de mãos dadas à mesa, no sofá. Ela me beijava carinhosamente na frente de todos. Valdelis tinha um irmão gay. E uma tia, irmã do pai. Essa tia abriu o caminho para eles.

De todas as coisas que passam na nossa vida, os amores que acabam são as que mais exigem disciplina. Não adianta lembrar, nem ter saudade, nem telefonar uma última vez para dar um alô e saber notícias, porque mesmo um gesto inocente pode gerar mal-entendidos e constrangimentos. Às vezes tenho vontade de ligar para Melissa para relembrar o tempo estranho que passamos juntas. Na minha vida regular e organizada, ela foi um desvio tenso e meio mágico. A moça dos poemas e cogumelos. De apartamentos emprestados, bicos de garçonete e desculpas esfarrapadas. Do pinto de borracha nos botecos na Augusta. A mulher de coxas grossas que amava discos de vinil.

Eu gostaria de dizer que nosso tempo juntas, entre tantas peripécias, me deu a oportunidade de ter vinte anos novamente. Na minha época eu estava preocupada demais em ser adulta. Foi somente mais velha que pude me sentir jovem.

Mas tudo isso vai se apagando agora. O ano de 2007 passou razoavelmente tranquilo, apesar da cratera que se abriu com o desabamento das obras do metrô, e de quatrocentas pessoas mortas em dois aviões que caíram no país. Em outubro anunciaram que a Copa do Mundo de futebol de 2014 acontecerá aqui. Acho que será bom. Com o tempo, cresce minha simpatia pelas coisas. Às vezes até assisto a novelas. Valdelis gosta de *Duas caras*. Ela acompanha o personagem Juvenal Antena, líder da favela Portelinha, e seu afilhado, o jovem e íntegro Evilásio, que se candidatou a vereador.

Assistimos à novela juntas, às vezes no meu apartamento, às vezes no dela. Em agosto de 2009 serei mestre em sociologia. Poderei até me tornar professora universitária, se quiser e me dedicar muito. Tenho motivos para confiar no futuro. Mesmo nascida na Vila Yolanda, em Osasco. Mesmo morando ao lado de um viaduto, no bairro de Campos Elísios, na cidade de São Paulo.

Sabina Anzuategui nasceu em Curitiba, em 1974. Formou-se em cinema e estudou a telenovela *O grito* (1975), do dramaturgo Jorge Andrade, como tese de doutorado. Trabalhou como roteirista de cinema em vários longas-metragens. Hoje vive como professora e dedica-se a projetos literários. É criadora do canal de vídeos *Exercícios de Criação Literária* (2017) e da série em quadrinhos *Pérolas perdidas* (2018). Publicou os romances *Calcinha no varal* (Companhia das Letras, 2005) e *O afeto ou Caderno sobre a mesa* (7Letras, 2011).

Edição Bruno Zeni
Capa e projeto gráfico Sílvia Nastari
Revisão Carmem T. S. Costa

Dados Internacionais de Catalogação na Publicação (CIP)
(Laura Emilia da Silva Siqueira CRB 8-8127)

Anzuategui, Sabina.
Luciana e as mulheres. / Sabina Anzuategui; capa e projeto gráfico, Sílvia Nastari.
1ª ed. – São Paulo: Editora Quelônio: 2019.
(Coleção Valsa de Esquina, 8).
232 p. ; 14 x 21 cm.

ISBN 978-85-93229-49-7

1.Ficção: Literatura brasileira 2. Literatura brasileira: romance I. Anzuategui, Sabina. II. Nastari, Sílvia.

CDU 821.134.3(81) CDD 869.93

Índices para catálogo sistemático:

1. Ficção: Literatura brasileira 869.93

Editora Quelônio

Rua Venâncio Aires, 1072
Vila Pompeia
05024-030
São Paulo - SP
www.quelonio.com.br

VALSA
de esquina

/

A literatura atual desconhece limites de gênero, estilo ou tema: o romance se fragmenta, o conto e a crônica se enlaçam, indistintos, a ficção está permeada de memorialismo e fantasmagoria, a poesia deriva para o prosaico – ou retoma, ora sarcástica, ora elevada, o rigor formal. Nessa contradança contemporânea, a narrativa, a lírica, a crônica e a memória se atracam, furtivamente, em uma valsa desencontrada.

A coleção Valsa de Esquina toma emprestado o título de um conto de Dalton Trevisan, incluído em *Novelas nada exemplares*, primeiro livro do autor. Também presta homenagem às "Valsas de esquina" compostas para o piano por Francisco Mignone.

Fontes Neue Haas Unica Pro e Bembo
Impressão Bartira Gráfica
Tiragem 1.000 exemplares

Coleção Valsa de Esquina, volume 8
São Paulo, julho de 2019